KB133810

곤잘레스 씨의
인생 정원

Original title: Señor Gonzalez und der Garten des Lebens
by Claus Mikosch
© 2018 by Gütersloher Verlagshaus
a division of Verlagsgruppe Random House GmbH, München, Germany

Korean Translation Copyright © 2019 by Geuldam Publishing Co.
Korean edition is published by arrangement with Verlagsgruppe Random House
GmbH through BC Agency, Seoul

복잡한 도시를 떠나
자연에서 배운 삶의 기쁨

곤잘레스 씨의
인생 정원

클라우스 미코쉬 지음 | 이지혜 옮김

indigo

나의 어머니에게
그리고 우리 모두의 어머니에게

어느 날 갑자기 회사에서 해고 통보를 받게 된다면
사랑하는 사람에게 헤어지자는 말을 듣게 된다면
뜻하지 않은 병에 걸려 아프게 된다면

당신은 좌절하지 않을 자신이 있나요?

인생의 큰 시련 앞에 놓여 있는 당신에게
혹은 그 시련을 통과하고 난 후
잠시 숨 고르기를 하고 있는 당신에게…

한 지혜로운 농부가 말합니다.

"인생은 끊임없이 변하는 법이라서
어떤 방향으로 흘러갈지 아무도 몰라.
안절부절못하며 어쩔 수 없는 환경에 맞서 싸우거나
그저 주어진 날씨를 받아들이고 그에 적응하며 살거나
선택은 둘 중 하나지."

"그러나 기억하게. 실패, 이별, 깊은 슬픔, 고통…
이중 무엇도 영원하지 않다는 사실을."

꿈을 꿀 것인가? 포기할 것인가?

⋮

당신은 앞으로
어떤 삶을 살아가고 싶은가요?

: 차례 :

우리는 다시 일어나기 위해 넘어진다 · 15

삶의 영감을 찾아 안달루시아로 · 24

왜 나이가 들면 은퇴해야 하지? · 39

채소밭으로의 도피 · 52

자연의 위대함을 알려준, 레반테 · 71

편리함이 인간을 병들게 한다 · 88

독을 뿌릴 것인가, 사랑을 뿌릴 것인가 · 113

절망 속에서도 희망을 싹틔운 사람들 · 130

이 세상에 똑같은 씨앗은 하나도 없다 · 155

인간의 욕망은 통제 가능할까 · 171

홀로 살아가는 자, 더불어 살아가는 자 · 188

인생 정원에 새로운 꽃은 피고 · 203

사람은 사랑을 하며 살아가야 하니까 · 215

당신은 어떤 삶을 살고 싶은가요? · 230

Senor Gonzales und der Garten des Lebens

우리는 다시
일어나기 위해 넘어진다

✤

"우리 회사에는 이제 자네가 필요 없네."

지점장의 통보가 메아리처럼 머릿속을 울렸다. 니클라스는 지점장이 농담을 하는 게 아닌지 잠깐 고민했다. 아니다. 지점장은 농담이라고는 모르는 사람이었다. 그러니 태평하게 웃고 있을 게 아니라, 자리를 박차고 일어나서 대관절 나를 뭐로 보느냐고 저 오만무례한 땅딸보에게 따져야 옳을 것이다.

마음 같아서는 정말 그러고 싶었다. 하지만 이건 영화가 아니었다. 격분한 주인공이 상사에게 독설을 퍼붓는 장면은 보는 사람에게야 흥미진진하겠지만, 그렇다고 변하는 건 없다. 그가 마주하고 있는 것은 냉혹한 현실이었다.

은행의 커다란 책상 앞에 앉아 고객들과 상담하며 보낸 세월이 꼬박 여덟 해였다. 고객의 대부분은 돈으로 돈을 벌어볼 요량으로 찾아온 사람들이었다. 순 엉터리 같은 생각이다. 돈이 일을 해줄 수는 없지 않은가 말이다. 돈을 벌기 위해서는 스스로 일하거나 남이 나를 위해 일하도록 만들어야 한다. 남에게 일을 맡기는 편을 택했다면 정당한 방법을 사용할 수도 있고, 억압하고 착취하는 방법도 있다.

니클라스가 지난 수년간 경험한 세상에는 이와 관련해 지극히 단순한 공식이 존재했다. 탐욕이 강할수록 착취도 강해진다는 것. 자신의 수익이 결국은 타인의 안위보다 중요한 법이다. 먼 나라에 사는 타인의 안위라면 더욱 그랬다. 그러나 착취와 정당성 여부를 떠나 돈은 늘 직접 일을 하는 사람들에게로 흘러든다고, 적어도 지금까지는 그렇게 믿어왔다.

"회사에 제가 필요 없다니, 그게 무슨 말씀입니까?"

"말 그대로네. 이게 무슨 상황인지는 자네도 파악이 될 텐데?"

지점장은 눈썹 하나 까딱하지 않고 대꾸했다.

니클라스는 상사의 딱딱한 얼굴로부터 시선을 피해 창밖을 바라봤다. 춥고 축축하고 우중충한 잿빛의 봄날 아침이었다.

"요즘 사람들은 은행거래를 죄다 인터넷으로 해결하지 않나. 그러니 지점을 많이 둘 필요도 없어졌고."

"그래도 직접 상담하고 싶어 하는 사람들은 여전히 있잖습니까?"

니클라스가 항변했다.

"물론 있기야 하지만, 요즘에야 상담도 온라인으로 다 되니까."

"온라인 상담은 사람이 하는 게 아니라 알고리즘인가 뭔가 하는 프로그램이 하는 거잖아요."

그는 계속해서 반박했지만 지점장은 어깨만 으쓱할 뿐이었다.

"그런데 그 프로그램이라는 녀석이 일을 꽤 잘한단 말이지."

두 사람의 시선이 마주쳤다. 분노와 실망에 찬 니클라스의 눈빛에 지점장은 공허하고 거부하는 눈빛으로 맞섰다.

"난들 어쩌겠나."

지점장은 이 말과 함께 니클라스에게 해고 통지서를 건넸다.

"선택은 자네에게 달려 있네. 적당한 선에서 합의를 보고 즉시 그만두든지, 계약이 만료되는 시점까지 다섯 달을 더 일하든지. 단, 그 다섯 달 동안 어떤 요구도 할 수 없네."

그러고는 몸을 돌리더니 산더미처럼 쌓인 서류 더미 속에서 뭔가를 하나 더 집어 들었다. 또 다른 누군가에게 건넬 해고 통지서였다.

"하실 말씀은 그것뿐입니까?"

말 없는 끄덕임이 돌아왔다.

그로부터 10분 뒤, 니클라스는 이미 집으로 향하고 있었다. 평소에는 시가전차를 이용했지만 오늘은 걸어가기로 했다. 쉬지 않고 내리는 부슬비가 그의 진청색 양복과 팔 밑에 끼고 있는 서류뭉치에 흠뻑 스며들고 있었다. 그는 비 따위에 아랑곳하지 않았다.

불과 몇 시간 전만 해도 그는 여느 아침과 다름없이 출근해 4번 창구의 상냥한 여직원에게 인사를 건넨 뒤, 충실히 일상적인 업무를 처리하고 있었다. 그런데 별안간 모든 게 끝나버렸다. 서른두 살의 니클라스는 빠르게 포기하는 쪽을 택하고 합의를 받아들였다. 어차피 쫓겨날 자리에서 몇 달을 더 버티는 게 무슨 의미가 있을까.

그건 아니다. 모든 일이 애초에 계획했던 것과 다른 방향으로 흘러간다 해도 얼른 확실히 정리해버리는 편이 낫다.

니클라스는 지금껏 자신이 안전과 성공이 보장된 미래를 위해 올바른 선택만을 해왔다고 믿었다. 부모와 사회가 던지는 선의의 조언에도 항상 충실히 따랐다. 학교에서는 모범생이었고, 졸업한 뒤에도 다른 일에 한눈팔지 않고 대학에 입학해 제때 학위를 따고 곧장 은행에 취직했다. 주택청약저축에도 가입해두었을 뿐 아니라 젊은 나이에 노후 대비까지 해두고 있었다. 앞만 보고 달려온 그의 인생에는 모퉁이도 샛길도 굴곡도 없었다. 그야말로 반항이라곤 모르고 정도만 걸어온 모범 시민의 전형이었다.

그렇다고 이 모든 것이 그를 진정 행복하게 만들어준 것은 아니었다. 다만 직장 덕분에 편안한 삶이 가능했는데 이제 그 직장마저 사라졌다.

해고는 뜻밖에 닥친 일이었으나 따지고 보면 지금껏 징후가 보이지 않은 것도 아니었다. 은행 고객 수가 지속해서 감소하고 있다는 사실은 그도 이미 오래전부터 알고 있었다. 온갖 텔레비전 토크쇼에서는 선견지명을 갖춘 철학자와 학자들이 등장해 자동화 및 전자화로 인해 점점 더 많은 일자리가 줄어들 것이라고 경고하고 있었다.

이런 변화에 제동을 걸기는 이제 불가능해졌으며 이는 좋다거나 나쁘다는 말로 판단할 수 없는 현상이었다. 고성능 컴퓨터, 만물박사 인터넷, 똑똑한 로봇도 이미 확실히 진행 중인 변화의 한 부분이기 때문에 인간은 그에 적응하는 도리밖에 없다. 뒤늦게 이런 징후들을 분석하는 일은 미리 변화를 간파하고 성찰하며 그에 상응하는 행동을 취하는 것보다 훨씬 쉬운 법이다.

빗줄기가 점점 굵어지고 있었다. 니클라스는 비를 피할 생각조차 없이 멍한 상태로 텅 빈 보도를 따라 발걸음을 이어갔다. 수개월 전에 한 친구와 나눴던 대화가 머릿속을 맴돌았다. 그때 두 사람의 화제도 바로 이 문제, 다시 말해 똑똑한 기계들이 야기할 수 있는 결과에 관한 것이었다. 첨단기술은 언젠가 인간을 무용지물로 만들고 말 것이다. 두 사람은 이미 그러한 변화의 덫에 걸려들었음을 실감하면서도, 아직은 자신과는 먼 얘기라고 여기고 있었다.

더욱이 니클라스는 자신이 바로 그러한 변화의 희생양이 되리라고는 꿈에도 생각지 않았다. 직장을 잃고 고통을 받고 새로운 세계에 적응하도록 강요당하게 될 장본인은 남들이지 자신이 아니라고 믿었다. 지금껏 올바른 길만 걸어왔는데 잘못될 게 뭐 있으랴.

그러나 그 추운 3월 말의 아침, 니클라스는 쓰디쓴 교훈을 맛봐야 했다.

"앞날에 행운이 함께하기를 바라네."

문을 나설 때 지점장이 던진 한마디가 아직도 그의 귓가에 울리고 있었다. 행운이라…….

거리 곳곳에는 어느덧 빗물이 고여 커다란 웅덩이를 이루고 있었다. 니클라스는 몇몇 상점의 쇼윈도와 제과점, 그리고 버스정류장을 지나쳤다. 빨간 우산을 쓰고 총총걸음으로 도로를 건너는 젊은 여성에게 우연히 시선이 가 닿았다가 다시금 정면을 바라보던 찰나, 길 건너편에 그가 일하던 은행의 로고가 눈에 들어왔다. 그는 걸음을 우뚝 멈추고는 자신이 일하던 지점과 거의 똑같은 그곳을 물끄러미 바라보았다. 긴 한숨이 새어 나왔다. 건조한 실내에서 한 자리를 차지하고 앉아 있던지 한 시간도 채 지나지 않았다. 그런데 지금은 바깥에서 쏟아지는 빗줄기를 맞고 있었다. 그것도 혼자서.

그는 웃어야 할지 울어야 할지 알 수 없는 기분으로 다시금 발걸음을 옮겼다. 질주하던 커리어의 고속열차에서 난생처음으로 강제로 하차당한 셈이니 울어야 할 것도 같고, 의미를 찾지 못하던 직업에서 드디어 해방되었으니 웃어야 할 것도 같았다.

직장에서 그가 대단한 일이나 했던가? 물론 돈을 불리려는 사람들을 도와주고 적잖은 봉급을 받기도 했다. 하지만 세상을 위해 기여한다는 느낌은 단 한순간도 받아본 적이 없었다. 은행이 최대한의 수익을 내기 위해 어디에 돈을 투자하는지 알고 있었던 탓이다. 어쨌거나 지속가능한 사업, 사회적 사업은 아니었다. 대개는 무기나 제약 그 밖의 의심스러운 사업들이 주요 투자 대상이었다.

자신이 검은돈 놀이에 간접적으로 관여하고 있다는 사실을 아는 사람이 어떻게 직업에서 즐거움을 느낄 수 있을까. 더욱이 권력욕에 눈먼 상사로부터 착취까지 당하다 보니 니클라스에게는 이런 상황이 역겹기만 했다. 그러니 해고된 게 나쁜 일만은 아니었다.

갑작스러운 운명의 전환점에 맞닥뜨리기는 했지만, 당황하기보다 이를 기회로 받아들여야 할 이유는 얼마든지 있었다. 다만 탄탄대로로부터 내동댕이쳐졌을 때 정확히 무엇을 해야 하는지 학교는 물론 대학에서도 배운 적이 없다는 게 문제였다. 지금껏 실패가 공식적인 교육계획에 포함되었던 적은 없었다.

불행 중 다행이라면 교실이나 대학 강의실에서는 얻을 수 없는 가르침을 주는 스승이 남아 있다는 점이다. 인생이 바로 그 주인공이다! 인생은 다시 일어서는 법을 가르쳐주기 위해 제자들을 수도 없이 쓰러뜨린다.

니클라스는 집 근처에 도착했다. 이 대도시의 다른 구역들에 비해 교통량이 적고 한적한 곳이었다. 집 앞의 마지막 교차로에서 길을 건너려던 그는 문득 교차로 한복판에 멈춰 섰다. 비는 쉴 새 없이 쏟아졌고 그의 금발에서도 굵은 물방울이 뚝뚝 떨어졌다. 그는 잠깐 눈을 감고 심호흡을 했다. 안 된다. 추락했다고 그 자리에 드러누워 있는 것은 그에게 용납되지 않는 일이다. 당연히 그는 일어설 것이다! 어느 방향으로 가야 하는지가 관건일 뿐이다.

그는 눈을 뜨고 제자리에서 천천히 돌기 시작했다. 지금껏 걸어온 길을 계속 걸어가고자 한다면 곧장 새로운 일자리를 찾아야 할 테고, 새 직장은 또다시 은행이 될 가능성이 높다. 자신의 양심과 변화하는 노동세계의 징후들을 외면하기만 하면 썩 좋은 직장을 얻을 수 있을 것이다. 그의 커리어는 다시금 탄탄대로를 달릴 것이고 안전에 대한 욕구도 채울 수 있으며, 부모의 성가신 참견도 피할 수 있다.

그러나 다른 길을 선택한다면? 집과 익숙한 일상으로 복귀하는 대신 뭔가 다른 걸 시도해보는 것은 어떨까. 번잡한 도시를 등지고 회색 구름 대신 파란 하늘을 볼 수 있는 어딘가로 떠나는 것이다.

회사와 합의한 덕분에 당분간은 경제적으로 여유가 있었다. 새로운 시도에 대한 상상은 그를 두렵게 만들었으나, 두려운 와중에도 내면 깊숙한 곳으로부터 울려 나와 자그마한 용기를 불어넣어 주었다. 어쩌면 실직은 그에게 일어날 수 있는 가장 좋은 일이었을지도 모른다.

빗줄기가 여전히 그의 몸을 때리고 있었다. 제자리에서 빙글빙글 돌던 니클라스는 잠시 후 움직임을 멈추고 발밑에 고인 커다란 물웅덩이를 똑바로 내려다보았다. 수면에 어른거리는 그의 형상도 그를 물끄러미 마주 보았다. 마치 "나도 너를 도와줄 수 없어"라고 말하는 것 같았다. 그 순간 니클라스는 자신이 누구나 인생길에서 번번이 마주치게 되는, 그리고 오로지 혼자서 결정을 내려야 하는 악명 높은 갈림길 앞에 서 있음을 분명히 깨달았다.

왼쪽이냐, 오른쪽이냐? 두려움이냐, 용기냐? 안전이냐, 모험이냐? 낡은 것이냐, 새로운 것이냐?

삶의 영감을 찾아
안달루시아로

일주일 뒤 니클라스는 말라가 공항에 도착해 비행기에서 내렸다. 머리 위로는 태양이 빛났고 섭씨 20도의 기분 좋은 공기가 그를 감쌌다. 계단 차 위에 선 그는 잠시 걸음을 멈추고 심호흡을 했다. 바다와 레몬, 여유의 향기가 뒤섞여 황홀한 내음을 만들어내고 있었다. 눈먼 사람이라도 이 순간에는 자신이 남국에 와 있음을 즉각 알아차릴 것이다.

터미널을 향해 걸어가는 동안 그의 시선은 건물 지붕 높이 커다랗게 붙어 있는 '파블로 루이스 피카소 공항(Aeropuerto de Pablo Ruiz Picasso)'에 가 멎었다. 그러자 지난 몇 년 동안 거쳤던 다른 공항들의 이름이 머릿속을 스쳤다. 프랑스에서는 '리옹 생텍쥐페리 공항(Aé roport Lyon Saint Exupéry)', 오스트리아에서는 '잘츠부르크 모차르트 공항(Salzburg Airport W. A. Mozart)'이 그를 반겼었다. 위대한 작곡가, 작가, 화가의 이름을 그대로 쓴 것이다. 그런데 독일은 어떤가? 정치가들의 이름을 붙인 몇몇 공항밖에 떠오르지 않았다. 쾰른에서 콘라트 아데나워(Konrad Adenauer)와 작별한 그를, 말라가에서 파블로 피카소가 맞이하고 있었다.

첫걸음을 내딛고 나자 좋은 예감이 들었다. 니클라스는 수하물을 찾은 뒤 입국장을 지나 에스테포나 행 버스표를 샀다. 말라가와 지브롤터의 중간쯤에 위치한 작은 해변 마을이었다. 창구의 여성은 버스표를 인쇄한 뒤 속 터질 정도로 느긋하게 동전을 세더니 거스름돈을 표와 함께 유리벽 아래로 밀어냈다. 그러고는 커다란 눈으로 그를 바라보며 퉁명스러움을 넘어 힐난에 가까운 말투로 말했다.

"서둘러요. 버스가 곧 출발하니까!"

그는 떨떠름한 기분으로 돈과 버스표를 호주머니에 쑤셔 넣고는 커다란 트렁크를 끌며 청사 앞 광장을 내달렸다. 버스 앞에 막 도착한 순간 코앞에서 버스의 문이 닫혀버렸다. 그는 한숨을 쉬며 어깨를 축 늘어뜨렸다. 그러자 별안간 문이 다시 열리더니 둥근 머리통에 기름진 머리칼이 착 붙어 있는 뚱뚱한 스페인 남자가 친절하게 고개를 까닥여 타라는 신호를 보냈다.

니클라스는 트렁크를 짐칸에 넣고 버스 뒤쪽의 창가 자리를 찾아갔다. 버스가 출발한 뒤에는 닳아빠진 좌석 위에 편안히 자리를 잡고 창밖에 시선을 고정한 채 지난 며칠간의 일들을 하나하나 되짚기 시작했다.

해고의 충격이 어느 정도 잦아들자 그는 신속하게 새로운 현실을 직시했다. 처음에는 실망감을 벗어버리기가 쉽지 않았다. 은행은 꿈의 직장과는 거리가 멀었지만, 그곳에 자신이 더 이상 필요 없다는 말을 듣는 것도 달가운 일은 아니었기 때문이다. 원치 않게 자존감에 생채기가 난 그는 여러 날을 불면증에 시달려야 했다. 친구들의 위로도 별 도움이 되지 못했다.

비에 젖은 채 추운 교차로에 서 있던 순간이 점점 더 자주 떠올랐다. 어느 길을 선택할지는 다른 누구도 아닌 그의 결정에 달려 있었다. 커리어와 관련해 항상 남들의 조언만 따르던 그에게는 전혀 새로운 경험이었다. 왼쪽이냐, 오른쪽이냐? 두려움이냐, 용기냐?

최종적으로 선택한 쪽은 두려움도 용기도 아니었다. 잘못된 결정을 내릴지도 모른다는 불안감도 끊이지 않았다. 또 니클라스는 원체 대담한 성격이 못 됐다. 그의 결정은 내면 깊숙이에서 싹터 오랫동안 자라난 깊은 욕구불만과 관련이 있었다. 그는 모든 일을 정석대로 하는 데 신물이 난 상태였다. 게다가 미지의 세계로 한 걸음

내디딜 때의 두려움보다 먼 훗날 백발의 노인이 되어 평생 앞만 보고 걸어온 일을 절절히 후회하게 될지 모른다는 두려움이 더 컸다. 학교, 대학, 직장, 죽음. 이것이 삶의 전부는 아니잖은가.

그의 영혼은 변화를 부르짖었다! 은행에서는 해고당하고 애정전선에도 먹구름이 드리운 상황에서, 연일 우중충하기까지 한 날씨는 그를 깊은 우울로 몰아넣고 있었다. 도피하기 위해 이보다 완벽한 구실은 없었다. 부모님은 그의 마음을 돌려놓으려 애썼고 친구들은 그를 이해하지 못했다. 그러나 이번만큼은 남들의 의견보다 내면의 목소리가 더욱 크게 울렸다.

지금이 아니면 언제 시도해본단 말인가!

은행은 보상금으로 석 달 치 월급을 지급했다. 얼마간 다른 곳에 가서 지내기에는 충분한 돈이었다. 그는 잠깐 아시아권의 물가가 저렴한 나라에서 지내볼까 고민했다. 그러나 아시아는 너무나 멀고 낯설며 지나치게 번잡할 것 같았다. 니클라스에게 절실히 필요한 것은 휴식이었다. 주변에 어울릴 사람이 있는 것은 좋지만 13억 명의 인도인은 사절이었다. 협소한 공간에 수많은 사람이 이리 섞이고 저리 부딪치는 대도시에는 그다지 마음이 가지 않았다. 더욱이 실직자 신세에 물가 비싼 메트로폴리스는 사치였고, 빽빽한 대도시 생활이라면 평생 신물이 나도록 해봤다. 대학 시절에는 교환학생으로 1년간 해외에 머문 뒤에 또다시 대도시인 바르셀로나로 건너갔다. 당시 바르셀로나 열풍이 한창이었고 지도교수도 그 도시를 추천했던 게 이유였다.

두 차례의 교환학기 경험 덕분에 유창한 스페인어를 구사할 수 있던 그는 곧 잠재적 목적지로 스페인을 떠올렸다. 대학 시절부터 알고 지낸 한 친구는 몇 년 전 그에게, 바다와 접해 있고 아프리카 해안이 건너다보이며 연중 일조시간이 3천 시간에 달한다는 안달루시아의 어느 지역에 관해 이야기한 적이 있었다. 그곳에는 언덕마다 망고 농장이 펼쳐져 있고 시 청사 옆에는 오렌지나무가 즐비한 곳이라고 했다. 그 정도면 일단은 휴식을 취할 장소로 적당해 보였다.

버스는 고속도로 위를 느긋하게 굴러갔다. 니클라스는 유리창에 머리를 기대고 눈을 감았다. 새로운 길을 택하고 무작정 걸어가다 보면 어느 종착역에 이르게 되는지 몸소 알아내기로 결심한 터였다. 무엇이 자신을 기다리고 있을지 몰라 불안하기도 했지만 영혼 깊숙한 곳에서는 묘한 평온함이 느껴졌다. 자신의 일부와 화해한 기분이었다. 아우성치던 영혼은 어느새 잠잠해져 있었다.

그는 미소를 지었다. 그리고 이내 잠에 빠졌다.

택시는 오후 4시에 페드로가 알려준 주소지 앞에 도착했다. 니클라스는 인터넷 웹사이트를 통해 어느 공유주택에 방 하나를 구한 참이었고, 페드로는 그의 새 동거인이었다.

니클라스는 요금을 지불하고 짐을 챙겨 내린 뒤 멀어지는 택시를 멀거니 바라보았다. 그러고는 돌아서서 모자이크 장식이 된 아치형 대문을 지나 안마당으로 들어섰다. 'ㄷ'자 구조를 한 2층 건물의 내부는 대략 스무 가구로 나뉘어 있었다. 안마당 한가운데에는 레몬나무 한 그루가 서 있었고 대문 양쪽에는 각각 커다란 라벤더 덤불이 흐드러지게 꽃을 피우는 중이었다. 니클라스는 페드로가 일러준 대로 건물 가장 뒤쪽의 1층에 있는 집을 향해 걸어갔다. 터질 듯 속을 채운 트렁크의 바퀴가 울퉁불퉁한 돌바닥을 따라 털털거리며 굴렀다.

요란한 바퀴 소리가 이곳 거주자들의 호기심, 정확히 말해 짜증을 유발한 모양이었다. 여기저기에서 커튼이 걷히며 어둡고 근엄한 얼굴들이 나타났다. 커다란 배낭을 가져올까 고민하다가 훨씬 더 많은 짐이 들어가는 트렁크로 결정한 게 잘못이었다. 그러나 어쩌랴, 이미 늦은 것을. 소음 피해를 줄여보려 트렁크를 최대한 천천히 끌었지만 도움이 되기는커녕 상황을 악화시킬 뿐이었다.

바퀴가 두 번 덜컥거릴 때마다 커튼 하나가 더 걷히고 성난 얼굴도 하나씩 늘어났다. 1층에서는 누군가가 보란 듯이 쾅 소리를 내며 창문을 닫았다. 니클라스는 걸음을 멈추고 트렁크를 번쩍 들고는 목표지점까지 남은 몇 미터를 최대한 빠른 속도로 완주했다. 어디선가 냉소적인 박수소리가 울렸다.

미처 초인종을 누르기도 전에 문이 열리더니 마른 몸집에 스페인인 치고 키가 큰 마흔 살가량의 남자가 나타났다.

"안녕하세요. 페드로 씨인가요?"

"그래요. 그쪽은 니클라스 씨일 테고."

"맞습니다. 본의 아니게 이웃들에게 먼저 저를 소개하게 됐네요."

페드로는 빙긋 웃으며 손을 내밀었다.

"첫 번째 교훈. 안달루시아에서 시에스타는 성스러운 존재다!"

그는 신참의 커다란 트렁크를 바라보았다.

"생각보다 오래 있을 계획인가 보네요."

"제가 얘기하지 않았던가요?"

"기억이 안 나는군. 어찌 됐든 상관없어요. 방은 충분하니. 일단 들어와요."

니클라스는 감사를 표한 뒤 짐을 안으로 들여놓고 문을 닫았다.

"커피?"

페드로가 주방에서 외쳤다.

"좋지요. 설탕 없이 블랙으로요."

니클라스는 주위를 둘러봤다. 거실은 인터넷에서 본 대로 밝고 아늑했다. 다른 점이 있다면 사진에서는 이렇게 어질러져 있지 않았다는 것뿐이다. 책, 영수증, 옷가지, 빈 잔, 갖가지 전선, 필기도구, 껌 포장지 등 온갖 물건이 여기저기 널려 있었다. 니클라스는 청결에 유난을 떠는 성격은 아니었지만 최소한 정리정돈은 중요하게 여겼다. 하지만 금방 익숙해질 테니 상관없다. 어차피 이곳에 영원히 살 것도 아니니까.

"원래 에스테포나 출신이신가요?"

그는 막 주방에서 나오는 페드로에게 물었다.

"아니, 마드리드 태생이오. 그렇지만 이곳 남부에 산 지 오래됐지. 이 집에 살기 시작한 지는 2년이 조금 안 되고."

"또 누가 여기에 살죠?"

"지금은 세네갈 출신의 카딤이라는 친구만 함께 살아요. 빈방이 두 개 있는데 하나는 당신이 쓰고, 나머지 한 방에는 여자가 들어왔으면 하고 있소. 안 그러면 가뜩이나 어수선한 집이 돼지우리처럼 되어버릴 것 같아서."

집이 그 꼴이라는 사실을 인지하고 있다니 그나마 다행이라고 니클라스는 생각했다. 두 사람은 커피잔을 들고 소파에 앉았다. 페드로가 복도를 가리켰다.

"왼쪽 방 두 개가 비어 있으니 마음에 드는 쪽으로 고르쇼. 인터넷 암호는 문 옆에 걸린 핀 보드에 붙어 있고 월세는 항상 1개월 치를 선불로 내야 해요. 현금으로만. 아, 그리고 세탁기는 주방에 있는데 정수리를 호되게 한 번 내리쳐야 작동되니 그런 줄 알아요."

페드로는 잠깐 생각하다가 말을 맺었다.

"이게 다예요. 그 밖에 궁금한 게 있으면 언제든 물어보고."

니클라스는 어리둥절한 표정으로 그를 바라보았다. 새로 이사한 집을 안내받는 자리가 이렇게 간단히 끝난 적은 지금까지 한 번도 없었다.

"카딤과 나는 일하느라 대부분 밖에 있지만 오늘처럼 낮에 몇 시간쯤 집에 머물 때도 있어요. 어이구, 호랑이도 제 말 하면 온다더니……."

검은 그림자가 요란하게 신발을 끌며 거실을 가로질러 왔다. 20대 중반쯤 돼 보이는 사내는 회색 트레이닝복 바지에 남색 민소매 셔츠 차림이었는데, 아프리카 권투 챔피언이라고 해도 믿을 만큼 상체가 우락부락하게 단련되어 있었다.

"안녕하쇼."

카딤은 두 사람 곁을 지나치며 인사를 툭 던지더니 욕실로 들어가 버렸다.

"걱정하지 말아요. 원체 과묵한 성격이라 ㄱ래요."

페드로가 덧붙였다.

어디선가 개 짖는 소리가 들렸다. 시에스타가 끝난 모양이었다.

"두 분은 무슨 일을 하시나요?"

니클라스가 물었다.

"왜 안 물어보나 했지. 자, 두 번째 교훈. 안달루시아 사람들은 당신의 직업이 뭔지 별 관심을 두지 않는다. 그래서 직업에 관해 대화하는 일도 별로 없어요."

"아."

"나는 태양광 설치하는 일을 하고 카딤은 나를 보조하고 있어요. 직업 얘기가 나와서 말인데, 카딤은 생계 때문에 모진 풍파를 겪은 가엾은 사내요. 댁한테도 언젠가 직접 얘기해주겠지만."

페드로는 시계를 흘긋 보았다.

"미안하지만 우린 이만 가봐야 해서."

현관으로 다가간 그는 나무 선반 위에 있던 열쇠를 집어 니클라스에게 던져주었다.

"집 열쇠요. 열쇠를 깜빡할 경우에 대비해서 저 아래 모퉁이 가게에 있는 모로코인에게 예비 열쇠를 맡겨뒀으니 기억해두고."

"고마워요."

"천만에요. 내 집이라고 생각하고 편히 지내요!"

니클라스는 두 개의 방 중 침대가 더 큰 쪽에 트렁크를 들여놓고 샤워를 한 뒤 옷을 갈아입었다. 그러고는 새로운 주거지를 둘러볼 요량으로 외출을 했다.

중심가까지는 도보로 약 15분이 걸렸다. 에스테포나는 한때 조그마한 어촌에 불과했지만 코스타 델 솔(Costa del Sol, '태양의 해안'이라는 의미로 관광지로 유명한 안달루시아의 해안 지역 – 옮긴이)에서 호황을 이루고 있는 관광산업 덕분에 지난 몇십 년 새 소도시로 발전했다. 그러나 안달루시아 시골 특유의 매력적인 정취는 여전히 간직하고 있었다. 좁은 골목들이 도시의 중심부를 이리저리 뚫고 나 있었으며 집들의 하얀 외벽 곳곳에는 화려한 꽃을 심은 파란색 토기 화분들이 걸려 있었다. 노인들이 나무로 만든 긴 의자에 앉아 축구에 관해 이야기꽃을 피우는 동안 여자들은 창문을 통해 이런저런 가십거리를 주고받았다. 이곳이 시골마을이었던 시절은 오래전에 끝났지만 주민들끼리는 아직도 서로 모르는 사람이 없는 모양이었다.

얼마간 이곳저곳을 어슬렁거리던 니클라스는 갈증을 느끼고 마실 것을 사러 조그마한 상점으로 들어섰다. 주인은 계산대 뒤에서 두 남녀와 열띤 논쟁을 벌이고 있었다. 니클라스는 냉장고에서 생수 한 병을 꺼내 들고 계산을 위해 여자의 옆에 섰다. 그때 희한한 광경이 벌어졌다. 세 사람이 동시에 니클라스를 향해 고개를 끄덕이며 인사하더니, 이내 손님은 안중에도 없다는 듯 다시 대화에 열중하는 것이었다. 1분, 2분, 3분. 그는 그냥 기다렸다. 대화의 주제는 스페인 정치였는데 '부패'니 '후안무치' 따위의 표현이 걸핏하면 튀어나왔다. 니클라스는 하염없이 기다렸다. 감감무소식이었다. 마침내 인내심을 잃은 그는 조심스럽게 헛기침을 했다.

"죄송합니다만, 계산 좀 할 수 있을까요?"

상점 주인은 그를 흘긋 바라보더니 생수병을 스캔했다.

"1유로 50센트요."

짤막하게 대답하면서도 그는 온통 남녀의 대화에 정신을 쏟고 있었다. 니클라스가 돈을 내밀자 사람 좋은 미소가 짧게 인사를 대신했다. 그는 인사를 건네고는 토론에 빠진 세 사람을 뒤로하고 상점을 나섰다.

얼마 안 가 그는 이런 장면이 보기 드문 광경이 아님을 알게 됐다. 그렇다고 주민들이 상대를 무시하거나 무례하게 구는 것은 아니었다. 스페인 남부 사람들은 그저 수다 떨기를 끔찍하게 좋아해서 한번 대화를 시작했다 하면 주변에서 일어나는 모든 일은 까맣게 잊어버리곤 했다.

저녁 6시가 조금 지난 시각, 니클라스는 드디어 지난 며칠 동안 꿈에 그리던 바다에 가보기로 마음먹었다. 모퉁이를 두 번 지나고 조금 큰 거리를 가로지르자 사람들이 즐겨 찾는 해변 산책로가 나타났다. 그는 해변에 사람이 거의 없는 것을 보고 내심 기뻐하며 주저 없이 신발과 양말을 벗고 물을 향해 성큼성큼 걸어갔다. 그러다 문득 멈춰 서서는 커다랗게 경탄을 내뱉었다.

북아프리카의 산들이 손에 잡힐 듯 건너다 보인다던 대학 동기의 말이 사실이었다. 바닷가에 서서 다른 대륙을 바라볼 수 있다니. 이처럼 경이로운 풍경을 볼 수 있는 장소는 전 세계에서도 드물 것이다.

그는 깊게 숨을 들이마시고 부드러운 모래 위에 가부좌를 틀고 앉았다. 바다 위를 스쳐 온 미풍에 티셔츠가 가볍게 펄럭였고 태양은 살갗을 따뜻이 어루만졌다. 4월 초라는 사실이 믿기지 않을 정도였다. 이 얼마나 황홀한 행복감인가!

하루가 서서히 저물어가는 동안 니클라스는 그저 자리에 앉아 정면을 향해 시선을 고정하고 있었다. 수천 개의 잔물결이 바람에 맞춰 춤을 추고, 두어 마리의 새들이 평화롭게 수평선 위를 날았다. 그토록 갈구하던 휴식의 순간이 온 것이다! 그의 세계는 어떤 근심이나 고뇌의 흔적도, 저항도 찾을 수 없는 조화로움에 한없이 젖어 들어갔다.

니클라스는 모래밭 위에 몸을 뉘었다. 하얀 구름이 눈부시게 파란 하늘을 가로지르며 흘러가고 있었다. 구름, 바다, 흐르는 강물, 아름다운 석양 같은 자연의 풍경들은 단순하기 그지없는 동시에 세상 그 어느 영화보다도 멋지고 흥미진진하다! 그런데도 우리는 노을을 바라보는 시간보다 훨씬 더 많은 시간을 모니터에 시선을 고정한 채 흘려보낸다. 참으로 알 수 없는 일이다.

에스테포나에서의 첫 주는 쏜살같이 흘러갔다. 난장판에는 여전히 적응이 안 됐지만 그런대로 공유주택이 집처럼 편안하게 느껴지기도 했다. 두 동거인과도 마음이 꽤 잘 맞았으니 더 바랄 것도 없었다.

어느 날 오후 페드로와 함께 집에 딸린 작은 테라스에 앉아 있던 니클라스는 안달루시아까지 오게 된 사연을 털어놓았다. 직장에서 해고당한 뒤 대도시 생활로부터 거리를 두고 싶었던 심정까지. 그리고 햇빛이 그리웠다고도 덧붙였다.

"그런데 이곳을 선택한 진짜 이유는 뭔가?"

페드로가 불현듯 되물었다.

스스로 그런 질문을 던져보지 않은 것은 아니었음에도 니클라스는 그의 질문에 적잖이 당황했다. 그리고 곰곰이 생각한 끝에 대답했다.

"영감을 얻기 위해서였던 것 같아요. 집으로 돌아갈 때 품고 갈

무언가를 말이죠. 새 삶을 시작하는 데 도움이 될 어떤 것. 아이디어 라든지 새로운 사고방식, 본보기 같은 것 말이에요."

페드로는 잠시 망설이는 듯하더니 이내 입을 열었다.

"자네가 정확히 어떤 걸 상상하고 있는진 모르지만, 영감을 받고 자 한다면 곤잘레스 씨를 찾아가 보는 것도 괜찮겠군."

니클라스가 그 이름을 듣게 된 것은 그때가 처음이었다. 얼마 안 가 그의 인생을 바꿔놓을 한 사람의 이름이었다.

왜 나이가 들면
은퇴해야 하지?

ㅣ

꙳

이튿날 아침 니클라스는 해변으로 산책을 나갔다. 회색빛을 띤 모래의 거친 입자와 사방에 굴러다니는 돌멩이들 때문에 걷기가 불편했다. 게다가 몇 미터마다 비닐봉지와 포장지들이 나뒹굴며 풍경을 망치고 있었다. 니클라스는 이런 플라스틱 쓰레기가 바다로부터 밀려온 것인지, 혹은 바다에 휩쓸려 가도록 사람들이 일부러 버려둔 것인지 궁금했다. 어쨌거나 있어서는 안 될 장소에 쓰레기가 널려 있다는 사실만은 분명했다.

많은 생각이 드는 아침이었지만, 어쨌거나 오늘 니클라스는 곤잘레스 씨를 만나러 가는 길이었다. 페드로가 곤잘레스 씨에 관해 들려준 이야기는 그리 많지 않았다. 안달루시아의 농부이며 나이는 70대

후반이고, 에스테포나 서쪽 근교에 있는 작은 사유지에 살고 있다는 정보가 고작이었다. 겨우 초등학교 4학년까지만 학교에 다녔고 해외여행을 해본 적도 없지만 어떤 학자나 여행가도 따라잡을 수 없는 지혜를 갖추었다고도 했다.

니클라스는 시골 생활에 관해 전혀 아는 바가 없었다. 대도시에서만 살아왔을뿐더러 휴가도 늘 도시에서 보냈다. 이탈리아에서 몇 차례 여름휴가를 보낸 적도, 2주일간 카리브해 연안에서 지낸 적도 있지만 그것만으로는 시골 생활을 해봤다고 말하기에 부족했다. 주말 장터에서 농산물을 판매하는 농부들 외에는 농부를 만나본 적이 없으니 긴 대화를 나눠봤을 리도 만무했다. 그가 성장한 세계에서 농부는 어리숙한 사람들이었고 시골 생활은 지루한 것이었다. 신비에 싸인 곤잘레스 씨라는 인물에게 호기심이 동했던 이유가 바로 이 때문이었는지 모른다. 적어도 해고를 당하던 그 순간부터 니클라스는 자신의 세계에 사는 사람들이 인생에 관해 늘어놓는 모든 이야기에 의구심을 품고 있었으므로.

그는 페드로가 언급한 나무다리에 이르렀다. 해변에서 시작된 샛길 하나가 강을 거슬러 오르며 뻗어 있었다. 강이라고 부르기에는 뭣한 하천이었는데, 적어도 북유럽을 기준으로 보면 그랬다. 너비는 그럭저럭 30미터쯤 돼 보였으나 그 한가운데로 가느다란 실개

천만 하나 흐르고 있고, 그나마도 최근 며칠간 내린 비 덕분이었다. 늦어도 초여름 무렵이 되면 바싹 마른 흙먼지만 날리게 될 게 분명했다.

좁은 길 양옆으로 키 큰 갈대들이 우거져 있었다. 페드로는 하천을 1킬로미터쯤 따라가라고 했다. 그 뒤에 나오는 말 목장 앞에서 왼쪽으로 꺾은 뒤 길을 건너 작은 언덕을 올라가야 한다. 거기서 100미터를 더 걸어가면 오른쪽에 커다란 무화과나무가 보일 것이다. 곤잘레스 씨의 사유지는 바로 그 너머에 있었다.

길을 건너던 니클라스의 심장이 쿵쿵 뛰었다. 그저 늙은 농부 한 명을 만나러 가는 길인데 무엇 때문에 이렇게 긴장한단 말인가. 그러나 평범한 방문이 되진 않을 거라는 예감이 그를 사로잡고 있었다. 이유가 무엇이건 간에, 삶이 자신을 이곳으로 이끌어 온 것이 결코 우연은 아니라는 느낌이었다.

언덕을 지난 뒤에는 길게 이어진 울타리를 따라 걸었다. 새파란 하늘 높이 태양이 작열하는 가운데 닭 우는 소리, 개 짖는 소리가 들려왔다. 커다란 무화과나무 앞에서 그는 우뚝 멈춰 섰다. 무화과나무를 실제로 보는 건 처음이었다. 아침에 인터넷으로 미리 검색해 보지 않았더라면 그것이 무화과나무라는 사실도 몰랐을 것이다. 비교적 짧은 밑줄기 위에 둥글납작한 나뭇잎 뭉치가 커다랗게 얹혀 있는 모양새였다. 흰색의 큰 가지가 수없이 뻗어 있고 잎사귀는 끄트머리를 둥글린 단풍잎처럼 보였다.

계속해서 울타리를 따라가노라니 축구장 절반쯤만 한 밭이 눈에 들어왔다. 밭에는 니클라스가 잘 모르는 여러 가지 작물들이 빼곡했다. 그는 열려 있는 출입문 안으로 들어가 걸음을 멈추고 주위를 둘러봤다. 고양이 몇 마리가 이리저리 어슬렁거리고 구석에서는 당나귀 한 마리가 건초를 씹고 있었다. 늙은 현자의 모습은 어디에도 보이지 않았다. 그때 발소리가 들렸다. 뒤를 돌아보자 때 묻은 파란 바지에 너덜너덜한 티셔츠를 입은 노인이 눈에 들어왔다. 오른쪽 어깨에 갈대줄기 한 묶음을 짊어지고 왼손에는 기다란 낫을 들고 있었다.

"안녕하신가."

노인이 환하게 웃으며 인사를 건넸다. 치아의 절반은 빠지고 없었고, 나머지 절반은 흙빛에 가까운 갈색이었다.

"선생님께서 곤잘레스 씨 맞으신가요?"

"그렇다네."

노인은 낯선 방문객을 지나치며 대답했다. 그러고 몇 미터를 걸어가더니 어깨에 짊어진 짐을 내려놓고 다시 돌아섰다.

"댁은 누군가? 왜 나에게 그리 공손한 말씨를 쓰는 건가?"

"저는 니클라스라고 합니다. 제 고향에서는 처음 보는 사람에게 늘 높임말을 씁니다."

곤잘레스 씨는 갈대 묶음 옆에 낫을 내려놓았다.

"나는 지나친 존댓말을 별로 좋아하지 않아. 아는 사이건 모르는 사이건 자네와 나는 다 똑같은 사람이잖나. 안 그런가?"

니클라스는 당황해서 그를 바라보기만 했다. 미처 예상치 못한 대답이었다. 늙은 농부뿐 아니라 다른 누구에게서도 그런 대답은 기대하지 못했을 것이다. 그 짧은 한마디에 얼마나 깊은 진리가 깃들어 있는지! 남보다 더, 혹은 덜 가치 있는 인간이란 없는데도 우리는 늘 그와 상반되게 행동한다. 머릿속에서 은밀히 모든 인간에게 서로 다른 가치를 부여하고 있는 것이다. 어째서 편한 말투는 친구들 사이나 어린아이들에게만 허용될까. 낯선 이들에게는 왜 허용되지 않을까. 무엇 때문에 불필요하게 타인들을 분류하는 것일까.

"맞는 말씀이십니다."

니클라스는 여전히 공손한 말투로 대답했다. 스페인어를 쓸 때든 모국어를 쓸 때든 경어를 쓰는 데 익숙한 탓이었다. 그저 몸에 밴 습관이었다.

"선생님께, 아니, 영감님에게 뭘 좀 여쭈어도 될까요?"

"편하게 물어봐."

곤잘레스 씨는 진녹색 모자를 벗고 머리를 한 번 긁적이며 대답했다.

"어떤 이유로 우리가 모두 똑같다고 확신하시는 건가요?"

"왜냐하면……."

늙은 농부는 시선을 돌려 밭을 쭉 훑어봤다.

"그냥 그렇기 때문이야. 감자를 보게나. 수확할 때 보면 커다란 알, 자잘한 알, 둥근 알, 길쭉한 알, 예쁜 알, 못생긴 알, 밝거나 어두운색의 알이 있거든. 그래도 다 같은 감자가 아닌가. 사람도 마찬가지야."

"그래도 굵은 감자는 자잘한 감자보다 비싼 값에 팔리니 더 가치 있는 것 아닌가요?"

"더 많은 돈을 벌게 해주기야 하지. 그러나 나는 결코 작다는 이유만으로 자잘한 감자를 내버리지는 않네. 다 같은 감자들이고, 맛도 다 좋거든."

곤잘레스 씨는 구부정한 자세로 몇 미터 떨어진 출입문 옆에 세워져 있는 접이 의자를 향해 걸어갔다.

"참으로 애석한 일이야. 요즘 세상에서는 돈을 얼마나 벌 수 있는가에 따라 사람의 가치가 결정되니 말이지."

그는 느릿느릿 의자에 앉으며 말하고는 도무지 모르겠다는 듯 고개를 설레설레 흔들었다.

"예전에는 달랐단 말씀인가요?"

잠깐 고민하던 노인이 입꼬리를 늘어뜨렸다.

"완벽했다고는 할 수 없지만 지금보다는 나았어. 어쨌거나 에스테포나는 그랬다네. 다른 곳이 어땠는지는 내가 알 수 없으니."

잠시 침묵이 흘렀다. 곤잘레스 씨는 생각에 잠긴 표정으로 의자에 앉아 있었고 니클라스는 발끝을 이리저리 비벼댔다. 침묵을 오래 견디지 못한 쪽은 도시인인 니클라스였다.

"영감님은 평생 이곳에 사셨나 보죠?"

"그럼!"

노인의 눈에 생기가 돌기 시작했다.

"나는 저기 저 무화과나무 아래서 태어났어. 어느덧 78년이 넘었구먼. 그때는 울타리도 도로도 없었네. 나는 나무 바로 옆에 있던 조그마한 오두막에서 자랐어. 저 나무가 여전히 그 자리에 서 있다는 사실이 참으로 멋지지 않은가? 저 나무에 열리는 무화과는 지금껏 내가 먹어본 어떤 무화과보다 맛이 좋다네."

"무화과는 언제 익나요?"

니클라스에게는 과일을 나무에서 직접 따 먹는다는 게 상상 속의 낙원에서나 있을 법한 일로 여겨졌다.

"에이, 아직 몇 달은 더 있어야 해. 7월 말이 되면 하나둘 익기 시작하지만 진짜 맛있는 무화과를 먹으려면 최소한 8월 말까지는 기다려야 하지."

곤잘레스 씨는 접이의자에서 끙 하고 몸을 일으켰다.

"자, 젊은 친구, 나는 할 일이 많아서 말이지."

니클라스는 고개를 끄덕이고는 출입문을 향해 걸음을 옮겼다. 그때 문과 이어진 낮은 담에 칠판 하나가 기대어져 있는 게 눈에 들어왔다. 거기에는 '감자, 양파, 마늘'이라는 글씨가 휘갈겨 써 있었다.

"양파 몇 개만 구할 수 있을까요?"

노인의 시간을 빼앗은 것이 미안해 니클라스는 뭐라도 사야 할 것 같았다.

"물론이지."

곤잘레스 씨는 작은 헛간으로 들어가더니 알이 굵은 양파를 한 묶음이나 들고 돌아왔다.

"자. 어제 땅속에서 나온 녀석들이네."

"고맙습니다! 얼마 드리면 되나요?"

곤잘레스 씨는 손을 휘휘 내저었다.

"다음에 주게나. 오늘은 선물로 주는 거야."

그러고는 빙그레 웃으며 돌아서서 갈대 묶음을 다른 곳으로 옮기기 시작했다. 니클라스가 그의 사유지를 벗어나 울타리 반대편으로 나왔을 때 곤잘레스 씨가 밭에서 소리쳤다.

"정말 멋진 날 아닌가? 오늘을 마음껏 즐기게!"

사나흘 뒤의 이른 오후에 니클라스는 또다시 곤잘레스 씨를 만나기 위해 작은 언덕에 올랐다. 처음 그를 찾아간 날 이후로 대도시에서의 생활이나 은행 업무, 고층 건물과 붐비는 거리가 자꾸만 떠오른 탓이었다. 곤잘레스 씨의 밭에서 본 것과는 크게 대비되는 풍경들이었다. 아니, 대비 정도가 아니라 그야말로 극과 극인 두 세계가 아닌가! 그토록 상반된 모습이 그의 호기심을 자극했다.

곤잘레스 씨는 노란색 세아트 이비자를 타고 온 어느 여성에게 감자 한 자루를 팔고 있었다. 여인은 운전석에 앉은 채 노인이 묵직한 자루를 짐칸에 싣는 광경을 백미러로 지켜보고 있었다. 이어 두 사람은 몇 마디 말을 주고받았고, 이윽고 자동차는 곤잘레스 씨와 니클라스에게 흙먼지를 씌우며 멀어졌다.

"안녕하세요!"

"북쪽에서 온 친구고만. 어서 오게나!"

두 사람은 밭으로 들어섰다.

"제가 밭일을 좀 도와도 될까요?"

니클라스는 조심스레 물었다.

"일을 돕겠다고?"

곤잘레스 씨는 그를 머리부터 발끝까지 훑어봤다.

"그 차림으로 말인가?"

니클라스는 자신의 옷차림을 내려다봤다. 밝은색 청바지에 하얀 티셔츠 차림이었다.

"예. 아무려면 어떤가요. 세탁기가 있으니 괜찮아요."

"그럼 알아서 하게나."

사실 니클라스는 흙먼지로 옷을 더럽혀가며 땅을 파고 싶은 마음이 조금도 없었다. 그저 곤잘레스 씨와 대화를 나누고 싶은 게 다였지만, 그렇다고 빈둥거리며 곁에 멍하니 서 있을 수는 없었다. 스스로가 성가신 관광객이나 심지어 동물원 방문객이 된 것 같은 기분이 들 것 같았다.

"자, 이걸 저기 맨 앞줄에서부터 심어야 하네."

노인은 모종이 백 개도 넘게 들어 있는 상자를 건넸다. 니클라스는 작은 식물들을 자세히 뜯어봤지만 무슨 작물인지 도통 알 수 없었다.

"토마토 모종이라네. 토마토를 심어본 적 있나?"

니클라스는 떨떠름하게 고개를 가로저었다. 정확히 말하면 토마토뿐 아니라 식물이라는 것 자체를 심어본 적이 없었다.

두 사람은 밭의 다른 쪽 끝을 향해 걸어갔다. 곤잘레스 씨가 갈대로 미리 만들어둔 토마토 줄기의 지지대가 서 있었다. 약 20미터 길이의 열이 세 개였는데, 각 열의 구조물은 마치 길게 잡아 늘인 티피(tipi, 원뿔꼴의 가죽 천막-옮긴이)처럼 보였다.

"아주 간단한 일이야."

노인이 그를 북돋우듯 말했다. 그러고는 모종 한 개를 집어 들고 맨 앞의 지지대로 다가가더니 허리를 굽히고 손가락으로 흙에 구멍을 파기 시작했다.

"기름진 토양을 만들기 위해 지난주에 새로 거름을 줬다네. 이제 주기적으로 물만 주면 토마토는 알아서 자라게 돼."

그는 모종을 구멍에 심고 부슬부슬한 흙을 채운 뒤에 손으로 몇 번 눌러 평평하게 다졌다.

"너무 단단하게 다지면 안 돼. 그러면 뿌리가 숨을 못 쉬거든."

첫 번째 모종 심기가 끝나자 곤잘레스 씨는 모종을 하나 더 집어 들고 50센티미터쯤 떨어진 지점에 두 번째 구멍을 팠다.

니클라스는 그의 작업을 얼마간 더 지켜본 뒤 상자에서 모종을 꺼내 맞은편 열에 심기 시작했다.

"그런데 영감님은 어디에 사시죠?"

"바로 요 앞에, 헛간 뒤편에 있는 오두막에 살아."

"그러면 날마다 밭일을 하시는 건가요?"

"아침부터 저녁까지 하지! 60년 넘게 쭉 그래 왔어."

곤잘레스 씨는 지극히 당연하다는 투로 대답했다.

"언젠가 은퇴할 계획은 없으시고요?"

"은퇴라고? 내가 은퇴해야 할 이유라도 있나?"

곤잘레스 씨는 어리둥절한 표정으로 반문하고는 몸을 세우고 허리를 쭉 펴더니 다시금 구멍을 파기 위해 몸을 숙였다.

"내가 은퇴하면 이걸 다 누가 돌본단 말인가?"

"땅을 팔고 시내의 공동주택에서 편하게 살 수도 있잖아요."

곤잘레스 씨는 껄껄 웃음을 터뜨렸다.

"내가 왜 내 땅을 팔아치우나? 시내의 편한 공동주택이라고? 내 오두막도 편안하다네. 겨울이 되면 벽이 조금 축축해지기는 하는데 그건 수리하면 되는 거고, 그 밖에는 모든 게 더할 나위 없네. 일을 그만두고 시내로 이사하라니…….."

그는 숨을 크게 들이쉬더니 고개를 절레절레 흔들었다.

"내가 이 작은 미로 같은 밭을 버리고 시내로 이사하면 어찌 되겠는가. 언젠가는 다른 사람들처럼 배가 터지도록 하루 세 끼를 먹으며 여생을 소파 위에서 빈둥거리며 보내게 될 거야."

니클라스는 그의 조부모, 몇몇 이웃들, 은행 고객들 등 독일에서 알고 지내던 노인들을 떠올렸다. 그들 중 다수는 곤잘레스 씨가 말한 그대로의 방식으로 하루하루를 보내고 있었다. 배불뚝이가 되어 활동이라고는 거의 하지 않고 커다란 소파에 앉아, 소파보다 더 큰 평면 텔레비전에 시선을 고정하고 있었다.

"내 정원에서는 할 일이라도 있잖은가. 온종일 소파에 앉아 있지 않아도 되고. 그러니 밭을 포기해야 할 이유가 있나?"

곤잘레스 씨는 토마토 모종을 심은 구멍을 흙으로 덮으며 말했다.

"게다가 나는 두 손에 흙을 묻히고 있을 때 더할 나위 없이 황홀한 기분이 든다네!"

니클라스는 토마토 모종을 심으며 오후 시간을 몽땅 보냈다. 이후에는 정원의 다른 구역을 손질기로 가는 일도 도왔다. 저물녘이 돼서야 노인과 헤어진 그는 집에 도착하자마자 욕실로 뛰어들어 샤워를 했다. 편한 옷으로 갈아입은 뒤에는 녹초가 되어 소파에 몸을 던졌다. 무릎이 쑤시고 허리가 아팠으며 손톱 두 개는 갈라져 있었다. 은행에서 격무에 시달린 날보다 훨씬 더 큰 피로가 몰려왔다. 그러나 피로와 통증 외에도 뭔가 느껴지는 것이 있었다.

행복감과 만족감이 그를 채우고 있었다.

채소밭으로의
도피

꽃

곤한 잠에 빠져 있던 니클라스는 우당탕거리는 소리에 깜짝 놀라
잠에서 깼다. 그는 소음의 진원지를 찾기 위해 침대에서 일어났다.
해는 이미 중천에 떠 있었다. 예전 같으면 이미 몇 시간 전부터 책상
앞에 앉아 업무를 보는 중이었겠지만 지금은 자명종을 맞춰둘 이유
가 없었다. 좀처럼 웃을 일이 없었던 직장, 오로지 돈 때문에 다녔던
직장을 위해 해도 뜨지 않은 이른 시간에 억지로 침대에서 벗어나는
일. 아침마다 그를 괴롭힌 그 무의미한 고문에는 조금의 미련도 남
아 있지 않았다.

거실을 지나 주방으로 들어선 그는 화들짝 놀라 우뚝 멈춰 섰다.
잠이 덜 깼나 싶어 졸린 눈을 문질러보기까지 했다. 포크와 칼, 숟

가락 등이 바닥에 흩어져 난장판이었다. 페드로와 카딤은 둥근 식탁 앞에 앉아 태연히 커피를 마시며 스마트폰을 만지는 중이었다.

"이게 무슨 일이에요?"

"식기 통의 고정 장치 한쪽이 부러졌어."

페드로가 스마트폰에서 눈도 떼지 않고 대답했다.

"이건 어떻게 하죠?"

"내가 저녁에 퇴근해서 고칠 테니 걱정 마. 흩어진 건 그 뒤에 정리하지."

"오늘 저녁에야 치운다고요?"

니클라스가 물으며 카딤 쪽을 바라봤다. 그는 알 바 아니라는 듯 무관심한 표정으로 어깨를 으쓱했다.

"나와는 상관없는 일이니 그렇게 쳐다보지 마쇼."

페드로는 남은 커피를 마저 마시더니 스마트폰을 들고 일어섰다.

"자, 카딤, 이제 출발해야 해."

니클라스는 두 사람이 지나갈 수 있도록 한옆으로 비켜섰다. 이내 등 뒤에서 문이 닫혔다. 그는 난장판이 된 주방 바닥을 멍하니 바라봤다. 문제는 흩어진 식기만이 아니었다. 개수대에는 그릇이 산더미처럼 쌓여 있었고 선반에는 장 본 물건들이 담긴 커다란 가방 두 개가 풀지도 않은 상태로 얹혀 있었다. 어째서 장 본 것을 그대로 내팽개쳐두는 것인지 니클라스는 의구심이 들었다.

그는 마지막 남은 깨끗한 그릇에 시리얼을 담고는 냉장고 쪽을 향했다. 그런데 바닥에 흩어진 식기를 깜빡하는 바람에 그만 포크 끝을 밟고 말았다. 다행히 세게 밟지는 않았지만 통증을 느끼기에는 충분한 강도였다.

"이 망할 돼지우리 같으니!"

분노가 치솟는 것과 동시에 두 동거인을 향해 속으로 욕설이 쏟아졌다. 그러나 무슨 소용이랴. 그는 집주인도 아닌 손님일 뿐이니.

거실의 상태도 주방보다 나을 바 없는 것을 보고 니클라스도 외출하기로 결심했다. 오래 고민할 필요도 없었다. 곤잘레스 씨의 정원에 가기로 했다. 그곳에서는 더러움도 즐거움이 되니까.

정오 무렵 그는 늙은 농부의 밭으로 어슬렁거리며 들어섰다. 청명한 하늘에 태양이 빛났고 기온은 섭씨 24도였다. 니클라스는 안달루시아에 온 지 3주일이 돼가지만 이제껏 구름 한 점을 본 적이 없었다. 독일에서는 한여름에도 이렇게 꾸준히 맑은 날씨를 만나기 어렵다. 불공평하기 짝이 없는 일이다.

곤잘레스 씨는 보이지 않았다. 얼마 후에야 그는 무화과나무 근처의 감자 고랑에 무릎을 꿇고 있는 곤잘레스 씨를 발견했다.

"마침 도움이 필요하던 참인데 잘 왔구먼."

그가 한쪽 눈을 찡긋하며 인사를 건넸다.

"기꺼이 도와드리죠. 오늘 할 일은 뭔가요?"

"잡초 뽑기!"

곤잘레스 씨가 대단한 일이라도 되는 양 말했다.

"내가 늘 꿈꿔오던 일이군요."

니클라스는 빙긋 웃고는 노인 곁에 무릎을 꿇고 풀을 뽑았다. 뽑은 풀은 두 사람 사이에 놓여 있는 바구니에 던져 넣었다.

"잡초라는 표현은 사실 잘못된 거야. 전혀 쓸모없는 존재라는 말로 들리는데 사실은 그렇지 않거든. 익초(益草)라고 해야 옳지."

"어디에 유익해서 익초라는 거죠?"

"두엄더미에 들어가잖나."

그가 가리키는 곳을 보니 이웃 사유지와의 경계 역할을 하는 생울타리 부근에 나무판자로 만든 커다란 통 두 개가 세워져 있었다.

"저곳에 묵혀두면 나중에 아주 귀한 퇴비로 쓸 수 있지. 쓸모없어 보이던 것이 그렇게 쓸모 있는 것으로 변하는 거야."

곤잘레스 씨는 바구니를 들고 왼쪽으로 2미터쯤 자리를 옮겼다. 니클라스도 그를 따라갔다. 일하는 동안 두 사람은 부근에서 즐겁게 날아다니며 지저귀는 새 소리에 귀를 기울였다.

"자네가 사는 곳에는 정원이 없나?"

"저는 대도시의 아파트 3층에 살아요. 정원이 있을 리 없죠."

"저런."

"온통 시멘트뿐이에요. 흙이라곤 보이지도 않고."

곤잘레스 씨는 아무 말도 하지 않았다. 자연으로부터 그토록 동떨어진 삶은 상상하기 어렵다는 표정이었다.

"발코니도 없나?"

"아주 작은 발코니가 하나 있기는 해요."

"그러면 거기에다 식물을 키워보지 그러나."

니클라스는 잠시 머뭇거렸다. 아파트 3층에서 토마토와 양파를 키운다는 게 괴상하게만 여겨졌다. 지금껏 그런 생각은 해본 적도 없었다.

"그럼요. 못 할 것도 없죠."

그는 곤잘레스 씨를 실망시키고 싶지 않았다.

"작은 발코니라도 채소를 가꿀 때는 두엄더미가 기본이야."

"두엄더미라고요?"

"그래, 두엄더미 말이야. 그게 아니면 재배할 때 나오는 부산물은 어떻게 처리할 건가."

노인은 커다란 쐐기풀 줄기를 쑥 잡아 뽑고는 잠시 일어나 몸을 곧추세웠다.

"게다가 두엄더미는 식물이 잘 자랄 수 있는 거름이 되거든."

"비료를 사서 쓰면 되죠."

곤잘레스 씨는 입을 딱 벌리며 고개를 들었다.

"자연에서 거저 구할 수 있는 것을 뭣 때문에 굳이 돈 주고 산다는 건가?"

이번에는 니클라스 쪽에서 말문이 막혔다. 그는 멀거니 허공만 바라봤다. 그는 어떤 물건이든 돈으로 사는 데 익숙해져 있었다. 한 해 전 돌아가신 할머니의 장례식에조차 적잖은 돈이 들지 않았던가. 그의 세계에서는 죽음조차 공짜가 아니었다.

"직접 만든 퇴비가 상점에서 산 것만큼 좋다는 말씀인가요?"

곤잘레스 씨는 심각한 눈빛으로 그를 건너다봤다. 그러고는 몸을 일으키더니 헛간 쪽으로 사라졌다. 2분 뒤에 돌아온 그는 검은 흙 한 줌을 니클라스의 코밑에 들이밀었다.

"냄새가 참으로 좋지?"

니클라스는 미심쩍은 표정으로 상체를 뒤로 뺐다.

"색깔은 또 어떤가. 게다가 아주 차지지 않은가?"

늙은 농부는 손가락 사이로 흙을 부스스 흘리며 흐뭇해했다.

"두엄더미에서 바로 가져온 거라네. 신선하고 생기로운 흙이지!"

환한 웃음이 곤잘레스 씨의 얼굴 전체로 번졌다.

"당나귀 똥과 섞으면 최상급의 자연친화적인 거름이 돼."

세상에 흙더미 따위를 들여다보며 이렇게 감동하는 사람이 있다니.

"그럼 이 채소밭은 자연에서 나온 퇴비만 쓰시는 건가요?"

두 사람이 다시 감자 고랑에 앉아 잡초를 뽑기 시작했을 때 니클라스가 물었다.

"물론이지. 살충제나 제초제도 전혀 쓰지 않는다네. 오직 자연이 내게 주는 것만 사용해. 거기에 내 두 손이 더해지는 거야."

그는 질긴 뿌리를 힘껏 잡아당겼다.

"언제나 그렇게 해왔어. 그런데 이제는 이 근방에서 그런 방식을 고수하는 사람이 나밖에 남지 않았네. 내 이웃들을 보게. 저렇게 나무니 식물들에 죄다 독을 뿌려대고 있지 않은가."

그는 팔을 뻗어 길 건너편에 있는 두 사유지와 옆 사유지를 연이어 가리켰다.

"예전에는 다들 자연친화적인 방식으로 농사를 지었어. 그런데 요즘은 자연이 적이라도 되는 듯 그것을 망치고 있더군."

그의 목소리에 애석함이 묻어났다.

"왜 그렇게 변한 거죠?"

"사람들이 게을러진 탓이지. 모든 걸 쉽고 빠르게만 해결하려 들어. 물론 잡초를 뽑는 대신 제초제를 뿌리면 편하기야 하지. 거름을 직접 만드는 것보다 화학비료를 사면 일거리도 줄어들고. 그런데 문제는……."

그의 얼굴에 근심 어린 주름이 잡혔다.

"문제는 그렇게 하면 모든 게 파괴된다는 거야. 흙, 식물, 그러다 결국에는 생명을 가진 모든 게 죽고 말아. 사람도 마찬가지야. 사람도 만물의 일부니 말일세. 자연이 파괴되면 인간도 파괴되는 게지."

그는 티셔츠를 잡아당겨 이마에 맺힌 땀방울을 닦았다. 그러고는 잡초가 가득한 바구니를 비우러 두엄더미로 향했다.

니클라스는 늙은 안달루시아 농부의 말을 곰곰이 되씹었다. 현대인은 곤잘레스 씨가 고수하는 농사 방식을 '유기농법'이라 부른다. 지난 수년간 점점 더 자주 듣게 된 단어지만 니클라스는 그 주제에 관심을 가져본 적이 없었다. 그에게 유기농이란 자신과는 전혀 관계없는 히피 식 유행 같은 것에 불과했다. 비싼 값을 치러가며 굳이 유기농 식품을 사는 사람들을 비웃은 적도 많았다. 그러나 이제는 자신이 먹는 음식이 어떤 방식으로 생산되는가가 매우 중요한 문제임을 깨닫고 있었다.

"요즘 병원이 얼마나 미어터지는지 보게."

바구니를 비우고 돌아온 곤잘레스 씨가 말했다.

"아픈 사람이 어찌나 많은지! 게다가 그 숫자가 점점 늘고 있더구먼. 나는 이미 이렇게 늙었지만, 그걸 보면 두려워질 정도라니까. 그런데 젊은 사람들이 왜 그리 병치레가 많은 건가? 자네 같은 나이에? 이대로 계속 가다가는 그야말로 끔찍한 상황이 올 텐데……."

그는 설레설레 고개를 흔들었다. 그러고는 무릎을 꿇더니 거친 손으로 인자하게 땅을 쓰다듬으며 나지막하게 중얼거렸다.

"이렇게나 쉬운 일인데……."

이후 며칠 동안 니클라스는 밭일을 쉬었다. 아침이면 한참 동안 산책을 한 뒤 곳곳에 널린 훌륭한 생선요리 전문점 중 한 곳을 골라 식사를 하고, 이어서 작은 카페의 테라스에 앉아 안달루시아 주민들의 생활을 엿보며 오랜 시간을 보냈다. 구닥다리 디자인의 교복을 입고 학교에서 몰려나오는 아이들, 매번 2차로에 주차를 해서 시끄러운 경적을 유발하는 음료 배달 트럭, 그리고 여인들도 관찰했다. 남국의 여인들은 얼마나 아름다운지! 저녁 무렵이면 다시 해변으로 돌아가 어스름한 저녁 빛을 받으며 바다를 바라보거나 아프리카 대륙의 실루엣을 감상하며 느긋하게 여유를 즐겼다.

해변에서 충분한 휴식을 취한 덕분에 어수선한 집 안을 참아내는 일도 한결 수월했다. 식기통도 수리됐고, 집 상태가 더 악화되지는 않아 그나마 다행이었다. 그런데 4월 말의 어느 금요일 정오에 상황은 완전히 달라졌다.

니클라스가 모처럼 직접 요리를 하기로 마음먹은 날이었다. 날마다 레스토랑에서 식사하는 데 싫증도 났고 비싼 음식값도 부담이었다. 그래서 여느 때처럼 아침 산책을 마친 뒤에 장을 봤다. 그는 물건으로 가득 찬 장바구니를 들고 현관 앞에 섰다. 가구라도 옮기고 있는지 안에서 쿵쾅대는 소음이 들렸다. 열쇠 구멍에 열쇠를 꽂고 막 돌리려던 순간, 누군가 문을 벌컥 열었다. 페드로가 그를 가로막고 선 채 집 안을 못 보게 하려고 무진 애를 쓰고 있었다.

"무슨 일이에요?"

니클라스가 곧장 따졌다.

"그게 말이지……."

페드로는 여전히 그의 시야를 가린 채 차분하게 대답했다.

"아마 자네가 보면 못마땅해하겠지만…… 잠깐뿐이니 이해하게나."

"뭐가 잠깐뿐이라는 겁니까?"

초조해진 니클라스가 닦달했다.

페드로는 아무 말 없이 한 발짝 비켜섰다. 니클라스는 눈 앞에 펼쳐진 광경에 아연실색했다. 두 개의 거대한 상자가 주방 문을 가로

막고 있었고, 거실은 마치 고물상이 와서 주워 모은 물건들을 몽땅 쏟아놓고 가기라도 한 것처럼 난장판이었다.

니클라스는 출입문 옆에 걸린 커다란 벽시계로 시선을 옮겼다.

"내가 나간 지 얼마 지나지도 않았는데, 그 사이에 도대체 무슨 일이 일어난 거예요?"

"내 차고에 있던 물건들이야. 상자에 든 건 태양광 패널, 다른 물건들은 내가 일하는 데 필요한 것들이고."

두 사람의 시선이 거실 구석구석을 훑었다. 쇠봉, 전동드릴, 전선 케이블 롤러, 온갖 상자들, 방수 천, 뭔가가 터질 듯 채워진 비닐봉지들, 낡아빠진 스케이트보드, 손수레……

"차고에 있어야 할 물건들이 왜 여기 있는 겁니까?"

"보트를 한 척 샀거든."

"뭘 샀다고요?"

"정말 끝내주는 보트라고!"

카딤이 싱글벙글 웃으며 끼어들었다. 그는 소파의 팔걸이에 앉아 차고에서 찾았을 게 분명한 낚싯대를 열심히 들여다보는 중이었다. 니클라스는 카딤의 과거에 관해 별로 들은 바가 없었지만, 그가 어린 시절부터 세네갈에서 어부로 일했다는 것 정도는 알고 있었다.

"에스테포나의 노인들이 대개 한 척쯤 가진 작은 나무보트야."

페드로가 설명했다.

"내 고객한테서 아주 싼값에 샀지. 이제 바다에서 보트를 탈 수 있게 됐어! 문제는 보트를 트레일러에 실은 채 차고에 넣으려면 차고를 싹 비워야 한다는 거지."

니클라스는 다시 한번 거실을 둘러봤다. 거실이라기보다 고물 창고였다.

"그러면…… 이 물건들은 언제까지 여기 둘 건데요?"

"차고를 하나 더 구할 때까지. 며칠밖에 안 걸릴 거야. 늦어도 일주일이면 돼."

"알았어요."

니클라스는 체념한 듯 한숨을 내쉬었다. 그때 좋은 도피처가 떠올랐다. 또다시 곤잘레스 씨를 찾아갈 구실이 생긴 것이다! 그는 커다란 상자들 사이를 겨우 비집고 주방으로 들어가서는 장바구니를 내려놓았다. 그러고 과일을 몇 개 챙겨서 그때까지도 활짝 열려 있던 문으로 도망치듯 빠져나왔다. 난장판 속에 내팽개쳐진 기분이 어떤지 이제는 두 사람이 느껴봐야 할 차례였다.

30분쯤 뒤, 니클라스는 벌써 채소밭에 쪼그리고 앉아 대파 모종을 심고 있었다. 곤잘레스 씨에게서 건네받은 상자에는 모종이 7백 개쯤 들어 있었다. 시간을 보내기에 충분하고도 남는 양이었다. 그는 10~15센티미터쯤 간격을 두고 손가락으로 작은 구멍을 판 뒤 작디작은 대파 줄기를 조심스레 집어넣었다. 그런 다음 구멍을 흙으로 가볍게 메우고 조심스레 눌러가며 모종 심기를 반복했다. 극도로 단조로운 작업이었지만 재미가 있었다. 무엇 때문인지는 알 수 없었다. 인공조명을 밝힌 책상 앞이 아니라 야외에서 푸른 하늘을 지붕 삼아 일할 수 있어서였는지도 모른다. 아니면 뭔가 의미 있는 일을 한다는 느낌 때문일 수도 있다. 이 세상에 먹을거리를 보태는 데 한몫하고 있지 않은가. 그것도 아니면 그저 난장판이 된 집을 탈출했다는 기쁨 때문일 수도 있었다. 이유야 어쨌든 니클라스는 자신이 지난 며칠 동안 이 밭을 그리워했음을 깨달았다.

날씨는 변함없이 화창했다. 한 달 남짓한 동안 태양이 빛나지 않은 날은 단 하루도 없었다. 독일에서 우중충한 겨울을 보내며 목말라 했던 맑은 날씨였다. 그러나 모두가 니클라스처럼 이런 날씨를 반기는 것은 아니었다.

"조만간 비가 와야 할 텐데."

곤잘레스 씨가 애타는 눈빛으로 하늘을 올려다보며 말했다.

"그냥 밭에 물을 주면 안 되나요?"

"물 주는 건 어렵지 않지. 그런데 시에서 관리하는 수도요금이 너무 비싸서 어쩔 수 없는 경우가 아니면 쓰지 않아. 화분 두어 개라면 문제없겠지만 밭 전체에 그렇게 물을 주는 건 불가능하거든. 그러면 이문을 남기기 위해 감자를 개당 3유로에 팔아야 할 거야."

니클라스는 깜짝 놀라 눈을 휘둥그레 떴다. 이런 채소밭에 물이 얼마나 필요한지, 가물 때 밭에 물을 공급하려면 얼마만큼의 비용이 들어가는지 그가 알 턱이 없었다.

"예전에는 우물이 있었어. 그런데 우물도 말라버린 지 오래라네. 관광업과 수많은 골프장 때문에 지하수 수위가 계속 낮아지고 있거든."

니클라스는 어처구니가 없었다. 골프장 따위가 가난한 농부의 물을 갈취해간다니.

"게다가 비 내리는 횟수도 점점 드물고 불규칙적으로 돼가는 것 같아. 농사꾼 입장에서는 이제 비가 내리기만을 마냥 바라고 있을 수 없게 됐지 뭔가."

생각에 잠겼을 때 늘 하는 습관대로 곤잘레스 씨는 녹색 모자를 벗고 머리를 긁적였다.

"앞으로 어떻게 될지 모르겠구먼."

니클라스로서는 기후변화로 직접적인 피해를 본 사람과 대화하는 일이 처음이었다. 텔레비전이나 신문에서 학자들이 그에 관해 논하는 건 자주 봤지만, 노동세계에서의 급속한 자동화·전자화 현상과 마찬가지로 기후변화에 관한 경고도 먼 미래의 일인 양 추상적으로만 다가왔다. 사람들이 현재의 생활방식을 바꿀 필요성이나 시급성을 못 느끼는 이유도 위험이 멀게만 보이기 때문이다. 그러니 마구잡이로 비행기를 타고 다니면서 사막에서 골프를 치거나, 그 밖에 기후변화를 가속화하는 어리석은 행동을 수없이 저지르는 것도 무리는 아니다.

이런 생각을 하며 대파 모종을 심고 있는데 자동차 한 대가 사유지 밖의 도로를 천천히 굴러와 출입문 바로 앞에 멈췄다. 중년의 여성이 차에서 내리더니 사유지 안으로 들어와 곤잘레스 씨에게 인사를 건넸다.

"감자 4킬로그램만 주세요."

곤잘레스 씨는 고개를 끄덕였다.

"달걀도 아직 남았나요?"

"남았고말고. 얼마나 필요하오?"

"열두 개요."

곤잘레스 씨에게는 채소밭과 당나귀 외에도 헛간 뒤 닭장에서 키우는 서른 마리 남짓한 암탉들이 있었다. 안달루시아에서 가장 인기 있는 별미 중 하나인 스페인식 오믈렛의 재료를 모두 생산하는 셈이었다.

노인은 상자를 뒤적여 비닐봉지 두 개를 꺼내 들고 헛간으로 사라졌다가 이내 감자와 달걀을 가지고 돌아왔다.

"또 필요한 게 있는가?"

"파프리카는 어떤가요?"

"아직 안 익었어. 내가 채소를 온실에서 키우지 않는다는 건 자네도 잘 알잖나. 파프리카는 6월이나 돼야 나오네."

그는 손님에게 제공할 만한 게 또 있는지 채소밭을 살펴봤다.

"저기 브로콜리 몇 개가 남아 있구먼. 가을까지는 이게 끝물이야."

"그래요. 얼만가요?"

"개당 2유로 50센트."

손님은 어이없다는 듯 눈을 커다랗게 떴다.

"2유로 50센트요? 슈퍼마켓에 가면 반값도 안 해요!"

"그럴 수도 있지. 하지만 슈퍼마켓에서 파는 건 농약을 뿌렸잖은가. 내 브로콜리는 친환경적으로 키운 거라네."

곤잘레스 씨는 침착하게 대꾸했다. 그래도 손님은 도무지 납득이 안 간다는 듯 절레절레 고개를 휘저었다.

"감자와 달걀도 계속 값이 올랐잖아요. 친환경이고 뭐고 이대로 가면 그 돈에 채소를 살 수 있는 사람은 아무도 없을 거예요."

곤잘레스 씨의 시선이 여인의 어깨너머 자동차 쪽을 향했다. 구입한 지 2년이 될까 말까 한 커다란 메르세데스 벤츠였다. 자동차를 흘낏 본 뒤 그는 다시금 손님을 향해 시선을 돌렸다.

"독이 든 음식을 사겠는가, 건강한 음식을 먹겠는가?"

손님은 아무려면 어떠냐는 표정이었다.

"매번 다른 곳보다 두 배나 되는 값을 치르고 살 수는 없어요. 감자와 달걀만 주세요. 브로콜리는 영감님이나 드시고."

그녀는 못마땅한 투로 10유로를 건네고는 물건을 실은 뒤 번쩍거리는 자동차를 몰고 사라졌다. 곤잘레스 씨는 잠시 못 박힌 듯 서서 그 모습을 바라봤다.

"이런 일이 자주 있나요?"

두 사람이 말씨름하는 모습을 고스란히 지켜본 니클라스가 눈치를 보며 물었다.

"그래. 안타깝게도 요샌 잊을 만하면 생기는구먼."

곤잘레스 씨는 한숨을 내쉬었다.

"그런데 나는 지난 15년 동안 물건값을 올린 적이 없거든. 달라진 건 슈퍼마켓의 가격이지. 사람들은 내 물건들이 비싸졌다고 생각하는데, 실제로는 다른 모든 것이 싸구려가 돼가는 것뿐이야. 1유로짜리 브로콜리라. 그렇게 파는 건 불가능해."

그는 잠시 입을 다물고 물끄러미 앞만 바라봤다. 그러다가 젊은 일꾼을 향해 의미심장한 미소를 보냈다.

"더 좋은 차를 타려고 계속 바꿔대니 좋은 채소를 살 돈이 없는 것도 무리는 아니지."

니클라스는 움찔했다. 습관적으로 슈퍼마켓을 이용함으로써 지금껏 그도 지속가능한 방식으로 작물을 생산하는 지역 농업 종사자들은 외면한 채 대규모 업체의 배를 불려준 셈이었다. 고백건대 돈이 아쉬운 것도 아니었다. 최근까지 유기농 상점에서 장을 보고도 남을 만큼 높은 수입을 올렸으니 말이다. 그러나 유기농 식품을 사는 대신 매년 전화기를 바꾸거나 주기적으로 유럽 내의 도시들을 구경하러 다녔고, 신발이 남아도는데도 더 많은 신발을 구입했다. 물론 브로콜리 한 개에 2유로를 지불할 만큼 형편이 넉넉지 못한 사람들도 분명 있을 것이다. 그러나 니클라스나 주변 사람들의 경우는 그렇지 않았다. 말하자면 대부분의 사람들에게 어디에서 장을 보는가는 빈부의 문제가 아니라 선호의 문제였다.

어느덧 니클라스는 친환경적인 채소를 심고 가꾸고 선호하는 일이 무엇을 의미하는지 이해하게 됐다. 하나의 브로콜리를 수확하기까지는 여러 달 동안 식물을 돌보는 과정이 선행된다. 이런 것을 고려하면 2유로도 헐값이라고 니클라스는 생각했다.

게다가 이런 자연 속에서 두 손을 흙에 묻고 일하는 것은 영혼을 충만하게 해주는 동시에 몹시 고된 노동이었다. 곤잘레스 씨를 꼼꼼히 관찰해보면 그 노동의 강도를 알 수 있었다. 그의 손가락은 굳은살과 생채기, 각질로 뒤덮여 있었고 걷는 모습은 항상 구부정했으며, 햇볕에 탄 얼굴에는 늙은 농부의 일생이 고스란히 묻어났다. 이 한 남성이 일구어내는 진솔한 노동의 가치가 이제 대부분의 사람에게서 인정받지 못한다는 사실은 이 사회가 얼마나 팍팍해졌는지 보여주는 증거였다.

"손님이 저렇게 행동하면 기분이 몹시 상하지 않나요? 슬프지 않으세요?"

"조금 그렇기는 하지. 하지만 저렇게 불평을 늘어놓으며 차라리 독을 먹겠다는데 어쩌겠나. 그런 일로 흥분하거나 자기연민에 빠져 봤자 뭐 하겠나? 어쩔 수 없는 일이야."

곤잘레스 씨는 또다시 미소를 지었다. 미소에서는 그만이 가진 여유가 환하게 묻어났다. 그는 나무상자에서 모종을 한 움큼 집어 들더니 니클라스의 맞은편에 무릎을 꿇고 어린 식물들의 새로운 집이 될 구멍을 파기 시작했다.

"이 채소밭은 나를 부자로 만들어주지는 않지만, 행복하게는 해준다네."

자연의 위대함을 알려준,
레반테

／

5월 2일에는 갑작스럽게 레반테(levante, 주로 봄과 가을에 스페인 남부 지역에 부는 습하고 강한 바람-옮긴이)가 불어닥쳤다. 니클라스도 카페의 옆자리 사람들이나 슈퍼마켓 계산대에서 사람들이 그에 관해 이야기하는 것을 귀동냥으로 들어 알고 있었다. 이곳 주민들에게 레반테는 경외심을 넘어 공포감을 일으키는 존재였다.

'그까짓 바람 가지고 무슨 호들갑이람.' 니클라스는 속으로 비웃었다. 실제로 안달루시아 사람들에게는 만사를 어마무시하게 과장하는 경향이 있었다. 무엇이든 실제보다 훨씬 더 크거나 작게, 좋거나 나쁘게 말했다. 그래서 이 사람들이 하는 말은 심각하게 들을 필요가 없었다. 그런데 이번만큼은 예외였다.

스페인 남부의 시에라네바다와 모로코의 아틀라스산맥이 협로를 이루어 동쪽에서 대서양 방향으로 부는 바람이 이곳을 통과하며 풍속이 빨라지는 것이다. 바다로 치면 유속이 빨라지는 해협과 같았다. 에스테포나에서 40킬로미터도 채 떨어지지 않은 지브롤터 해협에 이르면 풍속은 최고조에 이른다. 그러나 레반테의 진짜 문제는 강도가 아니라 며칠 동안 끈질기게 불어대며 사람을 미치게 만드는 집요함이었다.

니클라스는 이른 아침부터 곤잘레스 씨의 정원에 가 마지막 남은 빈 밭고랑을 갈아엎느라 여념이 없었다. 사유지 옆의 작은 언덕이 다소간 바람막이 역할을 하고 있었기 때문에 이곳에서는 바람도 그다지 느껴지지 않았다. 시내로 돌아가는 길에 세차게 흔들리는 갈대밭을 보고서야 비로소 그 위력이 실감 났다. 갈대는 몹쓸 것에 짓밟히기라도 하는 듯 강풍에 이리저리 휩쓸리고 있었다.

하천에 다다르자 레반테의 위력이 온몸으로 느껴졌다. 해변에서는 모래가 날리며 사포처럼 맨다리와 팔의 살갗을 할퀴는 바람에 몇 분 이상 서 있기도 힘들 정도였다. 아니, 사포가 아니라 수천 개의 작은 바늘이 쉼 없이 날아들어 무자비하게 찔러대는 것 같았다.

강풍에도 불구하고 일광욕을 즐기겠다는 일념으로 외출을 강행한 몇몇 관광객은 날아다니는 비치타월과 옷가지를 잡으려 이리저리 뛰어다니고 있었다. 바람에 맞서 힘겹게 한 발짝씩 전진하던 니클라스는 불현듯 정면에서 펄럭이며 날아드는 뭔가를 발견했다. 그는 본능적으로 한쪽으로 피하며 몸을 웅크리고 두 팔로 머리를 감쌌다. 다시 시선을 드는 순간, 불과 몇 미터 떨어진 지점에서 모래밭에 거꾸로 처박히는 파라솔이 보였다. 멀리 강풍에 뽑혀나간 파라솔이 여러 개나 더 굴러다니고 있었다. 위험하기 짝이 없는 상황이었다. 해변에서 파라솔에 몸을 관통당해 사망한다면 그야말로 엽기적인 죽음이라고 그는 생각했다.

사납게 불어대는 바람은 첫째 날에는 그저 동요를 불러일으키는 정도였지만, 둘째 날이 되자 견디기 어려울 정도로 사람을 괴롭혔다. 셋째 날쯤 되면 누구나 이 저주받을 레반테가 어서 지나가고 두 번 다시 돌아오지 않기만을 간절히 기도하게 된다. 끊임없이 불어대고 휘몰아치고 쉭쉭 대는 바람을 맞다 보면 미치지 않는 게 다행이다! 사람들은 극도로 흥분하고 신경이 곤두서 있었고, 세상에 존재하는 모든 것은 단 한 순간도 멈추지 않고 움직여댔다. 낮은 물론이고 밤이 돼도 세상은 고요해지지 않았다.

곤잘레스 씨의 정원은 그나마 좀 나았지만, 바람 부는 기간이 길어질수록 이곳에서도 끊임없는 동요가 감지됐다. 나흘째가 되도 바람은 잠잠해질 기미조차 보이지 않았다. 니클라스는 오전 내내 무화과나무 뒤에 웅크린 채 감자밭의 잡초를 뽑으며 곤잘레스 씨를 돕다가 이른 오후에 시내로 되돌아갔다. 해변 산책로에 이르자 맞은편에서 두 여성이 정신없이 휘날리는 머리카락과 치맛자락을 붙잡으려 애쓰며 걸어오는 것이 보였다. 그 밖에는 쥐새끼 한 마리도 보이지 않았다. 레반테는 에스테포나를 유령도시로 만들어버렸다. 니클라스는 잠시 걸음을 멈추고 수평선 쪽을 바라봤다. 바다는 왕관 모양을 한 하얀 거품으로 뒤덮여 있었고, 솟구치는 파도가 지칠 줄 모르고 해변을 때리는 중이었다. 그 위로 갈매기 한 마리가 공중에 못 박힌 것처럼 떠 있었다.

그는 위협적으로 이리저리 휘어지는 야자수 몇 그루를 지나쳤다. 그렇게 섬세하고 연약해 보이는 나무줄기가 줄줄이 부러지지 않는게 신기할 따름이었다. 밤낮을 가리지 않고 자연의 위력에 무방비로 노출돼 있었지만 태풍도 폭염도 야자수들을 굴복시키지 못하는 것 같았다. 세월이 흐르면서 극단적인 날씨에 인간보다 훨씬 더 잘 적응하게 된 모양이었다.

집에 도착한 니클라스는 쫓기는 사람처럼 허둥지둥 안으로 들어와 문을 닫은 뒤 헐떡거리며 벽에 기대어 섰다. 금발의 곱슬머리가 사방으로 솟구쳐 있었다.

"외출하기 딱 좋은 날씨 아닌가?"

페드로가 농담을 던졌다. 그는 김이 오르는 전기주전자를 들고 주방에 서 있었다.

"이런 날에는 커피도 소용없어. 태풍이 불 때 도움이 되는 건 오로지 캐모마일 차뿐이네! 몰골을 보니 자네도 한 잔 마셔야 할 것 같군."

니클라스는 감사의 표시로 고개를 끄덕이고는 그와 함께 작은 탁자 앞에 앉았다.

"언제쯤 끝날까요?"

"난들 아나. 최소한 사흘은 부는 바람인데 닷새가 걸릴 때도 있고, 때로는 엿새 동안 그치지 않기도 해. 거의 지나갔다고 보면 될 거야."

"레벤테가 얼마나 자주 부나요?"

"이번과 같은 강도로는 일 년에 서너 차례지만 그 사이사이에 조금 약한 강도로도 몇 차례 더 불지."

그는 니클라스에게 캐모마일 차 한 잔을 건넸다.

"에스테포나로 오기 전까지는 타리파에 정착할 생각이었어. 스페인과 아프리카 대륙 사이의 해협 바로 너머에 있는 서핑의 메카 말이야. 끝내주는 해변이 줄지어 있는 정말 아름다운 곳이지. 그런데 바람이…… 오늘 부는 것과 같은 강도의 바람이 일 년의 절반 동안 불더군."

"일 년의 절반이라고요? 그런 곳에서 어떻게 사람이 삽니까?"

"글쎄 말이야. 그래서 나도 그곳에 사는 건 포기했어. 며칠쯤 나들이를 갈 장소로는 훌륭하지만 살기에는 적합하지 않지. 어쨌거나 내게는 그랬네. 스페인에서 타리파의 자살률이 가장 높은 걸 보면 다른 사람들에게도 마찬가지인 모양이지만."

"정말인가요?"

"놀랄 것도 없지. 물론 남들보다 바람을 잘 견디는 사람들도 있지만 대다수는 극도로 예민하게 반응하게 돼. 바람에 특히 예민한 사람이라면 타리파에서는 절대 살 수 없어. 때로는 열흘 동안 잠시도 그치지 않고 불어댄다니까! 바람 때문에 미치기 일보 직전이 돼서 창문에 판자를 대고 못을 박아버리거나 자동차 안으로 피신하는 사람들도 있어. 그래 봐야 소용없지만. 완벽한 은신처란 없거든. 어디로 달아나든 바람은 자네를 찾아낼 테니."

니클라스는 뜨거운 차를 한 모금 마시고는 창문에 머리를 기댔다. 무심코 거실 쪽으로 시선을 돌렸을 때 비로소 그는 태양광 패널이 들어 있던 커다란 상자와 차고에 있던 잡동사니들이 치워졌음을 깨달았다. 게다가 거실은 말끔히 청소돼 있었고 바닥은 반들반들하게 걸레질까지 된 상태였다. 니클라스는 페드로를 향해 몸을 돌리고는 놀랍다는 표정으로 그를 바라봤다.

"저건 언제 다 치운 거예요?"

"오늘 아침 자네가 외출했을 때."

페드로는 빙그레 웃었다.

"새 차고를 구했거든. 그래서 곧바로 카딤과 함께 집을 싹 치웠지."

"정말 이유가 그것뿐이에요?"

"아니, 뭐…… 그게 다는 아니고."

그는 잠시 머뭇거리다가 털어놓았다.

"나도 어제야 소식을 들어서 미처 자네한테 얘기 못 했는데, 새 동거인이 들어오기로 했거든."

니클라스는 미심쩍게 눈썹을 치켜올렸다.

"정확히 말하면 여자 동거인이야."

페드로가 실토했다.

"아하!"

그러면 그렇지, 어수선하기로는 둘째가라면 서러운 두 사내가 이유도 없이 자진해서 청소를 할 리가 없었다.

니클라스가 여전히 넋을 놓은 채 반짝거리는 바닥을 훑어보고 있는데 카딤이 어슬렁거리며 주방으로 들어오더니 마찬가지로 차를 준비했다.

"그래서 새 동거인은 언제 들어오는데요?"

니클라스가 물었다. 페드로가 막 대답하려는 찰나, 누군가 문을 두드렸다. 니클라스는 어리둥절한 채 그와 카딤을 번갈아 바라봤다.

"왔군."

페드로가 빙긋 웃더니 문을 열러 갔다.

잠시 뒤 그림에서 튀어나온 듯 아름다운 여인이 나타났다. 긴 흑발에 빛나는 눈동자를 한 20대 후반쯤의 여성이었다.

"안녕하세요. 에바예요."

여인은 환한 웃음을 지으며 자기소개를 했다.

아주 짧은 순간 침묵이 흘렀다. 세 남자는 할 말을 잃고 있었다.

"난 카딤이에요."

간신히 정신을 차린 카딤이 먼저 입을 열었다.

"니클라스라고 합니다."

그들은 스페인식으로 새 동거인의 양볼에 가볍게 입을 맞추며 인사했다. 독일에서라면 최소한 반 미터의 안전거리를 확보한 뒤 사무적으로 손을 내밀었을 것이다. 니클라스는 이곳이 독일이 아니라는 사실에 내심 즐거워했다.

"짐은 그냥 거기 두세요. 집부터 보여드릴게요."

페드로가 입을 열며 나섰다. 그러고는 에바와 함께 거실로 가더니 전등 스위치부터 시작해 별로 중요하지도 않은 부분까지 공들여 설명하기 시작했다. 니클라스가 처음 이 집에 왔던 날과는 대조되는 모습이었다. 하기야 니클라스는 예쁜 아가씨가 아니니까.

얼마 뒤 페드로는 방을 안내해주기 위해 에바를 데리고 복도 쪽으로 사라졌다. 니클라스는 호기심에 찬 눈빛으로 카딤을 향해 돌아섰다.

"에바에 관해 아는 거 있어?"

"별로요. 헝가리 출신이고 여름내 이곳 해변에 있는 바에서 일할 거라나요. 다음 주부터 일을 시작한다는 것 같아요. 페드로가 얘기한 건 그게 다예요. 참, 아주 미인이라는 말도 했고요."

니클라스는 카딤을 향해 짓궂은 시선을 보냈다.

"말해줘서 고맙지만 그건 나도 이미 직접 확인했어."

두 사람은 잠시 입을 다문 채 서로를 바라봤다. 그러고는 찻잔에 뜨거운 물을 붓고 흐뭇한 미소를 지으며 동시에 슬그머니 자리를 떴다. 새로운 동거인에게 호감을 심어주려 온갖 정성을 들이고 있을 페드로의 모습이 눈에 훤했다. 그러나 페드로가 선수를 쳐봤자 얼마든지 따라잡을 수 있다고 니클라스와 카딤은 둘 다 자신했다.

방으로 돌아온 니클라스는 침대를 향해 뒷걸음질로 다가가 털썩 몸을 던진 뒤 눈을 감았다. 바깥에서는 레반테가 여전히 맹위를 떨치는 중이었다. 윙윙 쉭쉭 울부짖으며 세상을 휩쓸어버릴 듯 소용돌이쳤다. 그 손아귀에서는 모래도, 파라솔도, 생각까지도 안전하지 못했다. 그것이 얼마나 더 날뛰며 화를 일으킬 것인지는 아무도 장담할 수 없었다. 그러나 그 광기에도 불구하고 이 강력한 바람이 백해무익한 것만은 아닌 모양이었다. 집 안에 청결하고 신선한 공기를 가져다주지 않았는가. 바람이 데려다준 듯 홀연히 나타난 헝가리 미인 덕분에 집 안이 깨끗해졌으니 말이다.

이튿날 니클라스는 이른 아침부터 곤잘레스 씨를 찾아갔다. 잠을 푹 잔 덕분에 한결 개운하게 하루를 시작할 수 있었다. 집이 깨끗해져서 기분 전환이 됐을 뿐 아니라 주방에서 아침 식사를 하던 중에 에바를 만나 얼마간 이야기를 나누는 행운도 얻었다. 그녀는 외모만 아름다운 게 아니라 무척이나 호감 가는 성격이었다. 그러나 깨끗한 집과 헝가리 미인도 찌뿌둥한 기분을 완전히 몰아내 주지는 못했다. 불기 시작한 지 어느덧 닷새째를 맞은 레반테 때문이었다. 강도는 그나마 약간 줄었지만 신경을 긁어대기에는 아직도 충분했다.

바람 부는 기간이 길어질수록 동요가 내면으로 점점 깊이 파고들었다. 니클라스는 흥분되고 불안하고 흔들린 상태였고, 이를 어떻게 가라앉혀야 할지 몰랐다. 자신의 앞날이 어떻게 될지 생각하니 다시금 근심이 되돌아와 이에 가세했다. 직장을 못 구하면 어떻게 될까? 더 큰 문제는 직장을 구하더라도 행복감을 느끼지 못할 경우였다. 그때는 또 어떻게 해야 하나?

노인은 밭으로 들어서는 니클라스에게서 심상찮은 기색을 느끼고 물었다.

"무슨 일 있는가?"

니클라스는 어깨를 으쓱했다.

"그냥 바람 때문에 지친 것 같아요."

곤잘레스 씨는 이해한다는 듯 고개를 끄덕였다.

"바람 때문에 생각이 많아진 모양이구먼. 그렇지?"

"맞아요. 생각이 너무 많네요."

니클라스가 수긍했고 늙은 농부는 다시금 고개를 끄덕였다.

"레반테에 대처하는 가장 나쁜 방법은 거기에 맞서 싸우려 드는 거야. 가장 나쁜 방법이라고 하는 이유는 그게 의미 없는 일이기 때문이네. 아무리 애를 써도 바람을 이길 수는 없거든. 바람은 어떻게 해도 자네보다 강하잖은가!"

그는 잠시 뜸을 들이다가 말을 이었다.

"그건 자연의 힘이야. 우리는 인정하려 들지 않지만 자연은 늘 인간에게 무한한 위력을 발휘하지."

"그럼 어떻게 하는 게 좋을까요?"

"흐르는 대로 놔두게! 생각이 이리저리 춤추면 그냥 춤추도록 내 버려두는 거야."

"그러면 마음이 불안해서요. 마치 새들이 머리 위에 앉아 정신없 이 지저귀고 있는 것 같아요."

"새들도 언젠가는 조용해지기 마련이야. 거기에 지나치게 주의를 빼앗기지 않도록 노력해봐."

"그게 말처럼 쉬워야지요."

곤잘레스 씨는 어리둥절한 표정이었다.

"그렇지 않아. 알고 보면 아주 쉬운 일이지. 그저 주의를 다른 데 로 돌리기만 하면 돼."

그는 잠시 정원의 맞은편 끝을 바라보고는 니클라스에게 다시 시선을 돌렸다.

"자네만 괜찮다면 저쪽에 구덩이를 하나 파보게. 공사장에서 일 하는 친구가 그곳에서 베어버리려던 늙은 올리브나무 한 그루를 구 했거든. 다음 주에 내게 가져다준다는데 그걸 심으려면 커다란 구덩 이가 필요해."

그는 니클라스를 향해 싱긋 웃었다.

"어지러운 생각을 가라앉히는 데는 육체노동만 한 게 없다네!"

니클라스는 대답 대신 마주 웃어 보였다.

"그거 아는가? 많은 사람이 바람을 피해 숨을 곳을 찾으려 들지만, 헛수고일 뿐이네. 바람이 거칠고 사납게 불 때는 스스로 몸을 움직이는 게 최고야. 태양이 작열하며 열기를 뿜어낼 때는 아무것도 안 하는 게 제일이고."

"그게 그렇게 쉽다고요?"

"아무렴, 쉽고말고. 자네도 한 번 해보게."

그는 울타리 쪽으로 가서 커다란 삽 하나를 가져와 니클라스에게 내밀었다.

"자, 깊게 팔수록 좋아."

니클라스가 삽을 받아들자 곤잘레스 씨는 정확히 어느 지점에 구덩이를 파야 하는지 일러주었다. 니클라스는 열심히 삽질을 시작했다.

두 시간 뒤에야 구덩이가 완성됐다. 상의가 땀으로 흠뻑 젖고 양손에는 온통 물집이 잡혔지만, 곤잘레스 씨의 말대로 어지럽던 머릿속은 어느덧 고요해져 있었다. 니클라스는 몇 번 심호흡을 하고는 삽을 한옆으로 밀어놓고 뿌듯한 기분으로 자신이 쌓아놓은 거대한 흙더미를 바라봤다. 그러고는 출입문 쪽으로 시선을 돌렸다. 곤잘레스 씨가 더러워진 작업복을 입은 채 하얀 셔츠와 회색 면바지, 번쩍이는 구두 차림의 남자와 언쟁을 벌이고 있었다. 근엄하기 짝이 없는 남자의 표정을 보니 채소를 사러 온 손님 같지는 않았다.

니클라스는 두 사람을 관찰하며 귀를 쫑긋 세운 채 대화를 엿들으려 애썼다. 그러나 세찬 바람 소리가 방해하고 낯선 남자가 속사포처럼 말을 쏟아대는 바람에 단어 몇 개만 겨우 알아들을 수 있었다. '판매'와 '불법'이라는 단어가 여러 차례 반복됐다.

몇 분 뒤 남자는 돌아서서 자동차를 몰고 가버렸다. 곤잘레스 씨는 곧장 니클라스에게 다가왔다.

"잘했구먼!"

구덩이를 본 노인이 칭찬했다.

"그래, 머릿속은 좀 가벼워졌나?"

"예. 훨씬 나아졌어요!"

노인은 자상한 아버지처럼 니클라스의 어깨를 툭툭 두드리고는 흙더미 위에 앉았다. 그러고는 나직한 한숨을 내뱉으며 깊은 구덩이를 속절없이 들여다봤다.

"그 남자는 무슨 일로 온 건가요?"

노인은 고개를 가로저을 뿐 한동안 아무 말도 하지 않았다.

"시에서 나온 공무원이었어. 이곳에서 채소를 팔면 안 된다고 경고하더군."

"이미 오래전부터 해온 일이잖아요!"

"물론 그랬지. 60년 동안 말이야. 그렇게 말해봤지만 콧방귀도 안 뀌더구먼. 듣자 하니 사유지에서 채소를 파는 걸 금지하는 법이 새로 생긴 모양이야."

"그럼 이제 어떻게 하라고 하던가요?"

"대형 슈퍼마켓이나 업체에다 팔라는 거야. 하지만 그런 기업들은 너무 낮은 가격을 제시해서 남는 게 없거든. 지금 찾아오는 손님들에게도 제값에 팔기가 어려운데 말이지. 자네도 보지 않았는가. 도매상은 심지어 그런 손님들보다도 이해심이 부족해서 뭐든지 가능한 한 싼값에 흥정하려 들어."

"그냥 무시해버려도 되지 않을까요?"

"판매를 당장 그만두지 않으면 고발을 당할 거라는군. 사실 몇 달 전에도 찾아와서 똑같은 말을 했는데 통지서는 날아오지 않았네. 그래서 그냥 계속할 작정이야. 안 그러면 어쩌겠는가. 나도 어떻게든 먹고는 살아야 하는데."

곤잘레스 씨는 작은 돌멩이를 집어 구덩이 안으로 던져 넣었다.

"실제로 새로운 법이 생겼는지도 모르지. 그러나 판매를 금지하는 진짜 이유는 이 땅에서 나를 내쫓기 위해서일 거야. 일 년 전에 어떤 부유한 사업가가 찾아와서 큰돈을 제시하며 내 땅을 사겠다고 했거든. 새 골프장을 만들고 관광객들이 쓸 별장을 지으려는 거겠지. 나는 땅을 팔지 않겠다고 했네. 그러고 나서 얼마 안 가 더 이상 채소를 팔지 말라고 하더군."

그는 절망적인 표정으로 눈썹을 치켜올렸다.

"우연치고는 참 묘하지 않나?"

니클라스는 말없이 고개를 끄덕였다. 우연이었을 리 없다. 아마 당시만 해도 그 사업가는 부유한 축에도 못 끼었을 것이다. 은행에서 오래 일한 덕분에 니클라스는 이런 일이 어떻게 돌아가는지 잘 알고 있었다. 부유한가 아닌가는 여기서 부차적인 문제다. 사업의 핵심은 최단기간에 최고 이익을 창출할 수 있는가다! 그래서 골프장보다 유기농 농장에 투자할 목적으로 대출받기가 훨씬 어려운 것이다.

세찬 바람이 한차례 두 사람의 머리를 쓸고 지나갔다. 니클라스는 분노가 차오르는 걸 느꼈다. 불공평한 세상을 목청 높여 비판하려는 찰나, 그의 속내를 꿰뚫어 보기라도 한 듯 노인이 별안간 차분한 목소리로 말했다.

"흥분한다고 될 일도 아닌데 어쩌겠나. 게다가 앞날을 걱정하는 것처럼 무의미한 일은 없어. 이 길로 가면 뭐가 나올까, 무슨 끔찍한 일이 벌어지는 것은 아닐까 전전긍긍하는 것만큼 기운을 소진하는 일도 없다네. 그러다 보면 정작 오늘 할 일에 집중하는 데 쓸 기운은 남아 있지 않게 돼."

말처럼 단순한 일이 아니라는 생각에 니클라스는 반박하려 했다. 그러나 바로 그 단순하다는 점이 핵심이었다. 실천하기가 어려울 뿐이다.

"확실한 건 모든 게 달라질 날이 언젠가는 온다는 사실이야. 이런저런 일이 실제로 일어날지, 그래서 더 좋아질지 나빠질지, 언제 그 일이 일어날 것인지도 어차피 때가 되면 알게 되잖나. 그때까지는 걱정하고 동요하기보다 다른 의미 있는 일을 하는 게 나아."

그는 짧게 침묵하며 미소를 지었다.

"자네가 파놓은 구덩이를 좀 보게. 얼마 안 가 저 자리에는 올리브나무가 서 있을 거야. 생각만 해도 가슴 벅찬 일 아닌가?"

편리함이
인간을 병들게 한다

〰

바람은 이튿날이 돼서야 잠잠해졌다. 그토록 홀가분할 수가 없었다. 마침내 해방된 기분이었다. 니클라스뿐 아니라 마을 사람들 모두가 안도하고 있었다.

되찾은 평화를 기념해 니클라스와 동거인들은 주말을 해변에서 보내기로 했다. 그들은 바다수영, 원반던지기, 비치발리볼을 즐기거나 모래밭 위에 드러누워 게으름을 피웠다. 세 남자는 여전히 에바에게서 점수를 따기 위해 온갖 노력을 기울였다. 니클라스는 에바의 고향이자 그가 지금껏 가본 가장 아름다운 도시 중 하나인 부다페스트에 관해 열심히 떠들었고, 페드로는 기타를 가져와 스페인의 사랑 노래를 불렀다. 카딤은 놀라우리만치 오랫동안 잠수를 하더니 저녁 식사가 될 오징어를 들고 물 밖으로 나왔다. 그러나 에바는 자신에게 쏟아지는 관심을 마음껏 즐길 뿐, 구애자들에게 점수를 매기지는 않았다.

새로운 한 주가 시작되자 모두 평범한 일상으로 되돌아갔다. 페드로와 카딤은 큰 의뢰를 여러 개 받아 거의 집에 없었고, 에바도 일을 시작했기 때문에 집에 있는 때가 드물었다. 혼자서 집에 머물 이유가 없어진 니클라스는 어느덧 가장 좋아하는 장소가 된 곤잘레스 씨의 정원을 날마다 찾아갔다. 그곳에서 여러 시간 동안 땅을 파거나 노인과 대화를 나누며 수많은 영감을 얻었다.

그때까지 니클라스가 경험한 안달루시아의 날씨는 햇빛 아니면 바람뿐이었다. 그러나 5월 둘째 주가 되자 하늘이 먹구름으로 뒤덮였다. 그는 구름에 신경 쓰지 않고 토마토를 심은 이랑의 잡초를 뽑는 데 열중하고 있었다. 그런데 잠시 후 흙 위로 빗방울이 하나둘 떨어지는가 싶더니 금세 굵직한 빗줄기가 쏟아졌다. 고개를 들자 이미 비를 피하려 헛간 지붕 밑으로 들어간 곤잘레스 씨가 그를 향해 황급히 손짓하고 있었다. 그는 튕기듯 일어나 그쪽으로 달려갔다. 빗줄기는 함석지붕을 부술 것처럼 두드려댔고, 몇 분이 채 지나지 않아 밭의 여기저기에 웅덩이가 생기기 시작했다. 이런 날씨는 처음이었다. 곤잘레스 씨의 주름진 얼굴 가득 웃음이 피어나고 있었다.

"드디어 비가 오는구먼!"

그는 감격에 겨워 소리쳤다. 그러고는 헛간 앞에 놓인 삐걱대는 나무 벤치에 앉아 니클라스를 향해 말했다.

"비가 흙에 얼마나 이로운지 자네는 상상도 못 할 걸세. 식물에는 말할 것도 없고! 빗물 좀 보게나. 정말 황홀하지 않은가?"

니클라스는 어깨를 으쓱하고는 그를 따라 벤치에 앉았다.

"이건 하늘이 내리는 선물이야!"

니클라스는 새삼스럽게 노인을 바라봤다. 다른 모든 것과 마찬가지도 날씨도 관점의 문제인 모양이었다. 북쪽 지방 출신의 관광객에게는 줄기차게 화창한 날씨가, 요트를 즐기는 사람에게는 바람이, 스키를 즐기는 사람에게는 눈이 반갑듯이 안달루시아의 농부에게는 비가 반가운 법이다.

두 사람은 한동안 묵묵히 앉아 빗소리에 귀를 기울이며 점점 커지는 웅덩이를 바라봤다.

"영감님이 어렸을 적에는 이곳에 살기가 어땠나요? 1970년대 이전이나, 뭐 그런 시절에 말이에요."

곤잘레스 씨는 긴 한숨을 내쉬었다. 머릿속으로 지난 세월을 되짚는 기색이 역력했다.

"참으로…… 고된 세월이었네! 가난이 구석구석까지 파고들어 있었지. 자네는 상상도 못 할 거야."

니클라스는 뜻밖이라는 표정으로 그를 바라봤다. 지금보다 훨씬 목가적이고 평화로웠다는 대답을 예상한 탓이었다.

"나도 어릴 적에 배를 많이 곯았어. 날마다 말이야!"

"먹을 게 모자랐던 이유라도 있나요?"

"전쟁이 끝난 직후라 산하와 경제가 완전히 피폐해져 있었기 때문이지. 먹을 거라곤 밭에서 가꾼 약간의 채소와 바다에서 잡은 생선 조금뿐이었어. 그걸로는 부족할 때가 많았네. 배고픔을 못 이겨 풀을 뜯어 먹던 기억이 나는군."

"풀을 먹었다고요?"

"그래. 침대 살 돈이 없어서 일 년 넘게 짚더미만 깔고 잔 적도 있어. 소보다 나을 게 없이 살았지!"

"그렇게 어려웠나요?"

"그럼. 어려운 정도가 아니었어. 먹을 것도 안전도 보장이 안 되던 시절이었다네. 프랑코의 독재로 스페인 전체가 둘로 쪼개져 있었거든. 한편에서는 잔혹한 독재자 프랑코의 군경이 무력을 행사했어. 멀리서 경찰들이 다가오는 것만 봐도 모두가 벌벌 떨었을 정도야. 할 일 없이 어슬렁거리고 다니다가 그저 힘을 과시하거나 뭔가를 빼앗기 위해 죄 없는 사람들을 두들겨 팼거든. 음식이나 연장, 심지어 집까지 강탈하는 놈들이었어!"

니클라스는 놀라서 입을 떡 벌렸다.

"집이라니, 그게 무슨 말씀인가요?"

"말 그대로네. 어떤 집이 탐나면 들이닥쳐서 주인을 내쫓고는, 반항하거나 불평하면 죽여버리겠다고 위협했지."

그는 다짐이라도 하듯 니클라스를 향해 고개를 끄덕여 보이고는 말을 이었다.

"다른 한편에는 로스 로호스(los rojos, '붉은 무리'라는 의미 – 옮긴이) 가 있었어. 산속에 숨어 살던 좌파 반란군을 말하는데 이들도 악행을 저지르기는 매한가지였어. 한 마디로 백성들은 왼쪽 아니면 오른쪽에서 두들겨 맞은 거야. 재수가 없으면 양쪽에서 동시에 두들겨 맞기도 했고."

"누가 폭행당하거나 죽는 걸 영감님도 보셨나요?"

"두들겨 맞는 건 수도 없이 봤지! 다행히 죽임당하는 장면을 직접 목격한 적은 없지만, 그런 일이 벌어진다는 건 알고 있었어."

노인은 슬픈 기억들을 떠올리는 듯 잠시 생각에 잠겼다.

"모두 끊임없는 두려움과 배고픔에 시달렸지. 결코 쉽지 않은 시절이었어."

곤잘레스 씨는 모자를 벗어들고 얼마 안 남은 회색 머리칼을 손가락으로 쓸더니 고개를 흔들었다.

"얼마나 비참했던지…… 거의 모두가 극심한 가난에 시달렸고, 설령 돈이 있어도 살 수 있는 게 거의 없었어. 몇 안 되는 상점에서 파는 거라곤 쌀과 국수, 맛없고 퍼석퍼석한 과자뿐이었다네. 뭔가 특별한 걸 사려면 암시장에서 큰돈을 써야 했어. 초콜릿이나 설탕 같은 것도 밤중에 이곳으로 밀반입됐다네."

"초콜릿과 설탕을 밀반입해야 할 정도였어요?"

"커피와 차, 뭐 그런 유의 물건들은 죄다 마찬가지였어. 하지만 나는 구경도 해본 적이 없었지. 열여섯 살 때 처음으로 초콜릿이라는 걸 먹어봤어."

"학교는 다니셨나요?"

잠시 침묵하던 니클라스가 물었다.

"오래는 못 다녔네. 학교에 가더라도 기진맥진해서 잠드는 일이 많았어. 선생이 다른 아이들에게 '저 애는 그냥 자도록 놔둬라. 일하느라 녹초가 되었을 테니'라고 말하던 게 기억나는군."

"일하느라고요?"

"그렇다네. 내가 다섯 살이 됐을 때 아버지는 내게 삽을 쥐여주셨지. 그때부터 밭일을 도와야 했어. 밭은 우리 가족에게 생존을 위한

단 하나의 희망이었거든. 학교는 그다지 중요하지 않았네."

"학교는 언제 그만두셨어요?"

"여덟 살 때."

두 사람은 잠시 대화를 멈춘 채 서로를 바라봤다.

"상상이 가는가!"

늘 그렇듯 먼저 침묵을 깬 쪽은 곤잘레스 씨였다.

"그럼 부모님과의 관계는 어땠나요?"

"다른 집보다야 나았지만, 내 부모님도 엄하기는 마찬가지였어. 뭔가 실수라도 저지르면 곧장 따귀를 얻어맞았지. 학교에서도 마찬가지였고. 그때는 고분고분하게 굴지 않거나 허락도 없이 입을 열었다는 이유로 아버지가 아이에게 물건을 집어 던지는 일도 다반사였어. 시골에서 흔하게 자행되던 폭력이 가정 내에도 만연했던 거야."

그는 다시금 깊은 생각에 잠겼다.

"폭력으로 점철된 세상이라. 슬픈 일 아닌가?"

침묵이 감돌았다. 세찬 빗소리만 울려 퍼질 뿐이었다.

니클라스는 굶주림도 전쟁도 가정폭력도 겪어본 일이 없었다. 정규 교육 과정대로 13년 동안 학교에 다녔고, 언제나 편안한 침대에서 잠을 잤다. 노동을 처음 해본 건 열다섯 살 때였다. 그마저도 용돈 벌이 삼아 일주일에 두 차례, 한두 시간 신문배달을 한 게 전부였다. 곤잘레스 씨가 같은 나이에 해야 했던 고된 노동과 비교하면 일도 아닌 셈이다. 아마 니클라스가 지금껏 해온 일 중 곤잘레스 씨가 한 것만큼 힘들고 어려운 일은 단 한 가지도 없을지 모른다. 극과 극이라 할 만큼 서로 다른 인생이었다. 당시 사람들이 어디에서 휴가를 보냈는지 물으려던 니클라스는 이 질문만큼은 덮어 둬야겠다고 생각했다.

"그래도 뭔가 좋은 점도 있었나요?"

곤잘레스 씨는 진지한 표정으로 정면을 응시하며 골똘히 생각에 잠겼다. 그러고는 이내 환한 미소를 지으며 대답했다.

"있었고말고. 교통수단이 그랬지. 자동차가 없었거든! 차를 가진 사람도 거의 없었고 길도 대부분 사람과 동물들만 지나다니는 흙길이었어."

"자전거도 없었어요?"

"그래, 자전거도 아무것도 없었어. 닷새에 한 번 털털거리는 소형 버스가 말라가에서 라리네아까지 다니기는 했는데, 어차피 늘 만원이었던 데다 걸핏하면 바퀴가 펑크 났지. 라리네아의 시장에서 양파를 팔려면 당나귀에 짐을 잔뜩 싣고 밤새도록 걸어야 아침나절에 겨우 도착할 수 있었어. 지금은 자동차로 30분이면 가는 거리를 말이야. 상상이 가는가!"

그는 옆에 있는 궤짝을 뒤적여 해바라기 씨 한 봉투를 꺼내더니 니클라스에게 권했다. 니클라스는 정중히 사양했다.

"요즘은 자동차와 버스, 트럭이 지나치게 많아졌어. 정신 나간 세상이라니까! 이제 전쟁터가 아니라 도로에서 사람들이 죽어 나가고 있으니 말이지. 도처에서 미친 듯이 속도를 내다 보니 스트레스는 또 오죽 심한가. 마치 쫓기는 개미 떼 같아. 정말 희한하다는 생각 안 드나?"

니클라스는 숙연히 고개를 끄덕였다. 말로는 문명화된 인간이라고 자부하지만 실제로는 쫓기는 개미 떼나 다름없었다.

"예전에는 목적지가 어디든 천천히 가도 됐어. 게다가 항상 걸어 다녔기 때문에 사람들도 지금보다 훨씬 건강했지. 대부분이 온종일 소파나 사무실에 앉아 썩고 있는 요즘과는 달랐어."

곤잘레스 씨는 숨을 크게 한 번 들이마셨다.

"자동차가 없었으니 공기는 또 오죽 깨끗했겠나. 음식은 말할 것도 없지! 들판에 독을 뿌려대는 사람도 없었고. 모든 게 그…… 뭐냐. 유기농. 모든 게 유기농이었어."

니클라스는 쿡쿡 웃었다. 노인의 말이 옳았다. '유기농'이라는 말이 최신 유행이라도 되는 듯 퍼지고 있지만, 알고 보면 유기농은 아주 오래된 것이다.

"얼마 전에 의사에게 다녀왔다네. 그가 뭐라고 했는지 아나?"

"뭐라는데요?"

"내 나이에 이렇게 건강한 사람은 본 적이 없다더군. 최소한 백 살까지는 살 것 같대. 얼마나 오래 사는가는 중요한 문제가 아니지만, 생각해보게나. 의학의 도움 없이 오로지 건강한 음식 덕분에 백 살까지 산다고 말이야. 몸에 좋은 노동을 하는 덕분이기도 하지. 그런 노동은 사람을 건강하게 만들어주거든!"

"몸에 좋은 노동이 뭔가요?"

"몸을 움직이는 일, 즐겁게 할 수 있는 일이 좋은 노동이야. 의미 있는 일이어야 하는 건 물론이고."

니클라스는 한숨을 쉬었다. 은행 업무는 그중 어느 것에도 해당되지 않았다.

"내가 어렸을 적만 해도 사는 모습이 지금과는 완전히 달랐어. 예를 들면 그때는 텔레비전도 전화기도 없었지. 인터넷은 말할 것도 없고. 그런 건 사람을 병들게 할 뿐이야. 전자레인지는 또 어떤가!"

"영감님은 텔레비전을 전혀 안 보세요?"

니클라스가 믿을 수 없다는 듯 물었다.

"안 봐. 보고 싶지도 않아. 대신 라디오는 즐겨 듣지."

그는 또다시 봉투에서 해바라기 씨 몇 알을 꺼내 손바닥에 놓고 부스럭거렸다. 비는 여전히 세차게 퍼붓고 있었다.

"그런데 그 시절에 가장 좋았던 점은 전혀 다른 거였어."

옛 추억에 잠긴 노인의 눈동자가 별안간 꿈꾸듯 빛났다.

"그때는 모든 이웃이 단단하게 뭉쳐 있었다네. 돈은 없고 먹을 건 부족했지만 이웃과 하나가 돼서 모든 문제를 해결할 수 있었어. 모두들 힘닿는 데까지 서로를 도왔으니까. 물론 쉽지는 않았지만, 누굴 혼자 내팽개치는 일도 없었고 모든 걸 나눠 가졌지."

그는 잠시 동안 그리움에 잠긴 듯 미소를 머금고 있었다. 그러나 홀연히 떠올랐던 미소는 얼마 안 가 홀연히 사라졌다.

"60년대부터 이곳 해변에 관광업이 시작됐는데, 처음에는 그 덕분에 형편이 크게 좋아졌어. 굶주림이 사라졌고 부자가 된 사람도 많았지. 그런데 시기와 질투가 돈을 따라오더니 사람들이 점점 이기적으로 변하더구먼. 나눔은 한순간에 사라지고 울타리와 담장은 점점 높아졌지. 예전처럼 빈곤에 시달리지는 않았지만 공동체가 상실된 거야. 얼마 뒤에는 서로 정답게 인사조차 나누지 않는 사람들이 많아졌어. 상부상조는 기대할 수도 없었다네."

그는 잠시 말을 멈추고 이해할 수 없다는 듯 고개를 저었다.

"그것으로도 모자라 건강하지 못한 생활방식이 자리를 잡았지. 사람들은 자신이 먹을 음식에 농약을 뿌리거나 자동차를 몰고 다니거나 사무실에 앉아 일하면서 스스로를 망가뜨리고 있어. 오로지 이런저런 약에 의존해 살아가게 된 사람도 많지 않은가."

곤잘레스 씨는 또다시 고개를 저었다. 근심과 서글픔이 그의 표정에 묻어났다.

"세상이 어떻게 되려는 건지."

그는 혼잣말처럼 묻고는 곧장 스스로 대답했다.

"나도 모르겠군. 사실 알고 싶지도 않고 말이야."

오후가 되도록 비는 그칠 줄을 몰랐다.

니클라스는 오후 빗줄기가 잠시 뜸해진 틈을 타서 곤잘레스 씨와 헤어져 귀갓길에 올랐다. 온통 빗물이 차서 어차피 그날 오후에는 밭일을 할 수도 없었다.

집으로 돌아가며 니클라스는 노인과 나눈 대화를 곰곰이 되씹었다. 집에 도착해서도 그 생각은 그를 집요하게 따라다녔다.

"무슨 일 있나?"

주방에서 그를 본 페드로가 의아한 듯 물었다. 니클라스는 작은 탁자 앞에 멍하니 서서 창밖을 내다보고 있었다. 그는 잠시 뜸을 들인 뒤에야 천천히 돌아섰다.

"별일 없어요. 그냥 곤잘레스 씨와 얘기를 나누고 와서요."

페드로가 알겠다는 듯 빙그레 웃었다.

"사람을 참 심란하게 만드는 영감님이야. 안 그런가?"

"정말 그래요. 그런데 평소에는 세상이나 인생에 관해 마냥 좋은 얘기만 하시잖아요. 적어도 결론은 늘 긍정적이죠. 그래서 지금까지는 늘 웃으면서 대화를 끝냈고."

그는 잠깐 말을 끊었다.

"그런데 오늘은 다르더군요. 곤잘레스 씨가 그렇게 슬픈 표정을 짓는 건 처음 봤어요."

니클라스는 페드로에게 곤잘레스 씨가 어떤 환경에서 성장했는지, 얼마나 많은 기아와 공포, 폭력을 경험했는지 들려주었다. 노인이 걱정하는 암울한 미래와 오염된 먹거리, 인간을 병들게 하는 노동에 관해서도 이야기했다. "세상이 어떻게 되려는 건지"라던 곤잘레스 씨의 근심 어린 중얼거림도 덧붙였다.

페드로는 진지하게 귀를 기울였다. 이따금 고개를 끄덕이는 것으로 보아 노인에게서 이미 같은 이야기를 들은 적이 있는 모양이었다. 니클라스의 말이 끝나자 페드로는 물 한 잔을 가져오더니 단숨에 들이켰다.

"따라오게. 세상이 어떻게 될지 보여줄 테니."

니클라스는 어리둥절해서 그를 바라봤다.

"따라오라니까."

페드로가 재촉했다. 그러고는 탁자 밑에서 커다란 가방 두 개를 꺼내 들고 문 쪽을 향했다.

"어딜 가는데요?"

"가보면 알아."

니클라스는 어깨를 으쓱하고 그를 뒤따랐다. 두 사람은 레몬나무가 있는 안마당을 가로지른 뒤 아치형 대문을 통과해 거리로 나왔다. 그리고 바깥에 세워져 있던 페드로의 자동차에 올라탔다.

"무슨 속셈인지 끝까지 말해주지 않을 작정인가 보죠?"

니클라스는 커다란 원형 교차로에서 동쪽으로 방향을 꺾는 페드로를 향해 또 한 번 캐물었다.

페드로는 잠시 뜸을 들이다가 대답했다.

"장을 보러 가는 거야."

뜻밖의 말에 니클라스는 그를 돌아봤다.

"세상이 어떻게 될지 보여주겠다면서요?"

"맞아. 그래서 장을 보러 간다는 거지."

"하지만……."

니클라스가 또다시 캐물으려 하자 페드로는 말할 틈을 주지 않고 입을 열었다.

"나는 여러 해 전부터 곤잘레스 씨를 알고 지냈어. 그에게서 감자와 양파를 사거든. 그 밖에 필요한 식료품은 대개 시내에 있는 작은 유기농 상점에서 사지. 아랍인 거주지에서 구할 때도 있고. 가끔 맥주나 진(gin), 화장지 따위를 사기 위해 어쩔 수 없이 대형 슈퍼마켓을 찾기도 하는데, 내가 그런 슈퍼마켓을 얼마나 싫어하는지 아나? 거기 들어갔다 나올 때면 성호라도 긋고 싶은 심정이라니까! 내게 그런 곳은 세상이 잘못 돌아가고 있음을 보여주는 끔찍한 장소에 불과해."

페드로는 깜빡이를 켜고 커다란 주차장 쪽으로 우회전을 했다.

"인간의 미래가 어째서 암울한지 알고 싶으면 대형 슈퍼마켓에 가 보면 돼. 단, 아무것도 사지 말 것! 그저 안을 둘러보며 관찰하는 거지."

그는 빈자리를 찾아 차를 세웠다.

"다 왔군. 지옥에 온 것을 환영하네!"

니클라스는 저도 모르게 웃음을 터뜨렸다. 호들갑으로 치면 누구에게도 뒤지지 않는 스페인 사람들이었다.

차에서 내리자 페드로는 짐칸에 있던 가방 두 개를 꺼냈다.

"문제는 여기에서 벌써 시작되지."

페드로가 북적대는 주차장을 가리키며 말했다.

"대부분 차를 몰고 슈퍼마켓에 가지 않나. 왜 그렇겠나? 쓰레기 같은 물건을 잔뜩 사서 집으로 운반해야 하거든."

"우리처럼 말이죠."

"맞아. 우리처럼."

두 사람은 자동문을 통과해 눈부시도록 환한 조명과 높은 진열대로 채워진 거대한 공간으로 들어섰다. 에스테포나 전체를 통틀어 압도적으로 큰 건물이었다. 동시에 가장 흉한 건물이기도 했다.

"두 번째 문제는 이거야. 대형 슈퍼마켓이 보기 좋은 경우는 결코 없다는 것! 말하자면 우리는 쾌적하지도 않고 보기에도 좋지 않은 장소에서 귀중한 인생의 일부분을 허비하고 있는 거지. 물론 자네는 '그냥 슈퍼마켓인데 무슨 호들갑이람'이라고 생각할지도 모르지만, 장 보는 곳이 이렇게 보기 흉해야 할 이유라도 있나? 꼭 이렇게 만들어야 하는 걸까? 슈퍼마켓만 이런 것도 아니야. 현대적인 집이나 관공서 건물들을 보라고. 예전에는 보기 좋은 건물을 짓는 데 정성을 기울이지 않았나. 누구라도 감탄할 만한 예술작품이 탄생했지. 그에 반해 현대인은 단조로운 상자 모양의 건물 밖에 못 짓는 것 같아. 슈퍼마켓, 은행, 주택단지 어디를 가나 재미없고 보기 흉한 상자들이 똑같은 모양을 한 채 늘어서 있어. 끔찍하기도 하지! 도시에 가면 더 심하다니까."

니클라스는 고개를 끄덕여 동의했다. 도시의 상황이 훨씬 더 열악한 건 사실이었다.

"슈퍼마켓이 그저 미관을 해치는 데 그치면 또 모르지만……."

페드로가 말을 이었다. 그때 짧은 치마를 입은 젊은 여성이 인위적인 미소를 머금고 다가와 인사를 건넸다. 손에는 신용카드 광고지가 들려 있었다. 페드로는 그녀가 채 입을 열기도 전에 거절의 표시로 손을 내젓고는 니클라스를 끌고 몇 미터 안쪽으로 들어갔다. 그리고 화장품 코너의 첫 번째 진열대 앞에서 걸음을 멈췄다.

"눈을 감아봐."

"눈은 왜……."

"그냥 감아봐."

니클라스는 엉뚱하다고 생각하면서도 시키는 대로 눈을 감았다.

"무슨 소리가 들리나?"

그러자 이쪽에서, 또 저쪽에서, 그리고 얼마 안 가 사방에서 울리는 목소리들이 귓속을 파고들었다. 근처에서 쇼핑카트 한 대가 덜컹거렸다. 저쪽에서 또 한 대. 또 한 대. 아이 우는 소리, 분주한 발걸음 소리, 끔찍한 음악 소리도 들렸다. 계산대에서 삑삑 울리는 기계음, 윙윙대는 환풍기 소리, 삐걱대는 소리, 둔중하게 부딪치는 소리. 그야말로 혼란의 도가니였다.

니클라스는 도로 눈을 뜨고 말했다.

"무슨 말인지 알겠어요. 소음도 눈부신 조명만큼이나 끔찍하네요."

"나는 소음이 더 심하다고 생각하네. 지독하게 자극적이거든!"

페드로는 쇼핑카트 보관대로 가더니 동전을 넣고 하나를 밀고 왔다.

"몇 가지 살 게 있으니 자네는 매장을 둘러보고 있으라고. 한 가지만 명심해. 아무것도 사지는 말고 관찰만 할 것!"

페드로는 니클라스를 혼자 둔 채 인파 속으로 사라졌다.

니클라스는 널찍한 중앙 통로를 따라 걷기 시작했다. 슈퍼마켓 안에서 그렇게 목적 없이 어슬렁거리기는 처음이었다. 사람들이 물밀듯이 그를 스치고 지나쳤다. 불쑥 앞으로 끼어들어 지나치는 사람, 몇 미터마다 걸음을 멈추고 물건이 가득한 진열대로 탐욕스럽게 손을 뻗는 사람도 있었다. 쫓기는 개미 떼 같다던 곤잘레스 씨의 표현이 떠올랐다. 그보다 적절한 비유가 어디 있으랴.

할인판매 중인 콜라병이 층층이 쌓인 운반대가 통로를 가로막고 있었다. 그는 걸음을 멈추고 어린 두 자녀를 대동한 여성이 쇼핑카트에 콜라를 채우는 광경을 관찰했다. 세어보니 열여덟 병이었다.

니클라스는 느린 걸음으로 계속 걸어갔다. 양복 차림의 사내가 쇼핑카트를 밀다가 하마터면 그를 칠 뻔했다. 사내는 거치적거리는 니클라스를 나무라듯 고개를 절레절레 흔들었다. 청소년 두 명이 각각 니클라스의 왼쪽과 오른쪽에서 그를 추월했다. 슈퍼마켓 직원 한 명도 무전기에 대고 뭐라고 말하며 허둥지둥 그를 스쳐 뛰어갔다. 숨 고를 틈도 없이 모두가 분주하게 움직이고 있었다.

채소 코너에 도착한 그는 산처럼 쌓인 감자 더미 앞에 발을 멈췄다. '원산지: 프랑스. 킬로그램당 99센트'라는 안내표가 붙어 있었다.

"곤잘레스 씨네 감자는 이것보다 두 배나 비싸지."

어느새 옆에 와 서 있던 페드로가 말했다.

"한번 생각해봐. 천 킬로미터도 넘게 떨어진 지역에서 운송된 감자가 여기서 5킬로미터 떨어진 곳에서 키운 감자의 반값이라니. 말도 안 되지 않나?"

페드로는 주위를 둘러봤다.

"이곳에 있는 거의 모든 식료품이 멀리 떨어진 타지역에서 생산된 거야. 장거리 운송으로 식품의 신선도가 떨어지고 지역 농부들이 푸대접받는 건 그렇다 치고, 이 모든 게 비행기나 화물차로 운송되기 때문에 어마어마한 공기 오염까지 초래되지. 이처럼 어리석은 소비행태 때문에 불필요하게 기후변화가 일어나는 셈이야."

그는 니클라스를 바라봤다.

복잡한 도시를 떠나 자연에서 배운 삶의 기쁨

곤잘레스 씨의
인생 정원

회사에서 갑작스러운 해고 통보를 받은 후 인생의 갈림길에 서게
된 니클라스. 당황하기보다 이를 기회로 받아들이기로 결심한 그는
쉼을 얻기 위해 스페인의 작은 해변 마을 에스테포나로 떠납니다.
거기서 자연주의 방식으로 채소를 가꾸며 살아온 늙은 농부 곤잘레
스 씨를 만나 정직하게 땀 흘려 번 돈으로 하루를 살아낸다는 것이
얼마나 값진 일인지 배우게 되지요.

지금까지 삶의 모든 문제를 너무 심각하게 생각하며 살아오진 않았
나요? 이 책을 통해 내 삶의 태도와 소비 습관을 돌아보고 곤잘레스
씨의 비범한 지혜를 배워보는 건 어떨까요.

삶의 리듬을 되찾고 싶은
사람들을 위한
인디고의 또 다른 책

**몸의 감각을 되찾고 천천히 움직이고
필요 없는 것은 내려놓고**

이제 좀 ————
느긋하게 지내볼까 합니다

『어쩌다 보니 50살이네요』를 통해 나이 듦을 자연스럽게 받아들이고, 자신을 바라보고 대하는 방법에 대한 진솔한 이야기를 들려줬던 히로세 유코. 『이제 좀 느긋하게 지내볼까 합니다』를 통해서는 '매일의 생활'에 대해서 이야기한다. 그녀는 이 책을 통해 일상 속에서 잠시 멈춰 자신의 몸과 마음을 들여다보고, 자신의 생활을 정성껏 돌보는 것이야말로 진정으로 자신을 소중하게 여기며 사는 인생의 시작이라고 말한다. 느긋하게 살고 싶은 당신을 위한 휴식 같은 책.

"얼마 전에 여기서 페루산 레몬을 본 적이 있어. 그런데 바로 그무렵에 에스테포나에서는 셀 수도 없이 많은 레몬이 땅바닥에 떨어진 채 썩고 있었지. 형편없이 낮은 가격 때문에 이익이 남지 않아서 농부들이 수확을 포기해버린 거야. 이게 과연 사람들이 떠드는 문명화나 진보에 걸맞은 상황이라고 생각하나?"

니클라스는 감자더미만 물끄러미 응시했다.

"두 가지 물건만 더 찾으면 끝나. 잠시 뒤에 계산대에서 보자고."

페드로는 다시금 인파를 뚫고 사라졌다. 니클라스는 감자더미 앞에 한동안 못 박힌 듯 서 있다가 채소 코너를 벗어났다. 바쁜 동작으로 스마트폰에 뭔가를 입력하고 있는 여성이 눈에 들어왔다. 곧이어 그녀의 쇼핑카트가 커다란 냉장고를 들이받았다. 그녀는 스마트폰에서 눈조차 떼지 않은 채 한 걸음 물러섰다가는 계속해서 앞도 보지 않고 전진했다.

니클라스는 냉장식품 진열대 사이를 걸어가며 속으로 상품들을 세기 시작했다. 스물여섯 종류의 요구르트와 여덟 종류의 가루치즈가 있었고, 세 칸의 커다란 냉장고는 냉동피자로 채워져 있었다. 그는 60년 전의 사람들이 이렇게 수많은 선택권을 마주했다면 어떤 느낌을 받았을지 궁금했다. 배고픔 때문에 풀을 뜯어 먹어야 했던 유년시절의 곤잘레스 씨가 스물여섯 가지 요구르트를 봤다면 무슨 생각이 들었을까?

니클라스는 계산대 쪽으로 발걸음을 옮겼다. 계산대에 도착하기 바로 전, 이번에는 중년의 부부와 마주쳤다. 한눈에도 비만으로 보이는 부부는 이미 넘치도록 채워진 쇼핑카트에 과자봉지를 쓸어 담는 중이었다. 오래도록 기억에 남을 해괴한 광경이었다. 현대사회가 직면한 딜레마를 완벽하게 보여주는 상징이기도 했다. 넘쳐나는 물질적 풍요로움이 사람들을 행복하게 해주기는커녕 병들게 만들고 있었다.

계산대 앞에 늘어선 긴 줄의 맨 뒤에 서 있던 페드로가 니클라스를 반겼다.

"아, 이제 오는군. 이것 좀 보게. 사려는 건 아니고 자네에게 보여주려고 가져왔어."

페드로는 빵 한 봉지를 니클라스의 코밑에 들이밀었다.

"껍데기 없는 빵이야. 이런 걸 누가 돈 주고 사 먹는지도 의문이지만 그건 다른 문제고. 일단 포장지를 봐. 알록달록한 포장지 속에 또 한 번 플라스틱 포장이 돼 있지. 이게 말이 되나? 게다가 계산하고 나면 또다시 이걸 비닐봉지에 넣어 가지고 가지."

그는 빵을 다시 진열대에 내려놓으며 말했다.

"끔찍하기 짝이 없는 과대포장이야. 어디를 봐도 플라스틱, 온통 플라스틱 천지라니까! 이러다가는 우리 모두 플라스틱 바다에 빠져 질식하고 말 거야."

"사람들이 슈퍼마켓에서만 장을 보게 된 이유가 뭘까요? 선택의 폭이 넓어서? 아니면 싼 가격 때문에?"

"둘 다 영향이 있지. 그런데 내 생각에는 편리함이 가장 큰 이유인 것 같아. 코앞에 커다란 주차장이 있고 필요한 걸 모두 한 장소에서 구할 수 있으니까. 게다가 영업시간이 길고 어떤 상품이든 항상 재고가 있잖나. 작은 상점과는 비교가 안 되지."

페드로가 어깨를 한번 으쓱하며 쇼핑카트를 조금 더 앞쪽으로 밀었다.

"가격 문제도 부분적으로는 이름을 어떻게 붙이느냐에 달려 있어. 예를 들어 요즘 대형 슈퍼마켓에 가면 보통 브로콜리와 유기농 브로콜리가 있거든. 보통 브로콜리가 개당 1유로라면 유기농은 2유로지. 사람들은 유기농이 뭔가 특별한 것, 그러나 꼭 필요치는 않은 것이라고 생각하고 보통 브로콜리를 사게 돼. 그런데 안내표에 진실이 적혀 있다면 상황은 달라질 거야. 보통 브로콜리를 '농약 뿌린 브로콜리'라고 쓰고 유기농 브로콜리에는 그냥 '브로콜리'라고만 써놓으면 사람들은 대개 유기농을 선택할 테니까."

줄이 또다시 짧아졌다.

"여기서 모순은 사람들이 가장 싼 물건을 사면서 돈이 절약된다고 믿는다는 사실이야. 그러다 보면 필요 이상으로 물건을 쓸어 담게 되기 때문에 결국은 친환경적인 상품을 선택하는 사람들에 비해 돈을 적게 쓰는 것도 아니야. 그보다 훨씬 더 어이없는 건, 이곳에서 팔리는 식료품 중 3분의 1은 결국 쓰레기통으로 직행한다는 점이지."

드디어 줄의 맨 앞쪽에 도착한 두 사람에게 빈 계산대의 직원이 손짓을 했다. 계산원이 물건들을 모두 스캔하고 나자 페드로는 직불카드를 내밀었다. 니클라스는 물건을 담으며 다른 계산대를 훑어봤다. 계산대마다 젊은 여성이 한 명씩 앉아 로봇처럼 물건을 계산대 위로 밀어 스캔하고 있었다. 아마도 얼마 안 가 진짜 로봇이 그들을 대신하게 될 것이다. 그처럼 무의미한 작업을 기계가 대신하게 되는 것도 나쁘지는 않겠다고 그는 생각했다. 다른 한편으로 더 많은 사람이 곧 니클라스와 똑같은 불운에 고통받게 될 것을 의미했다. 상사가 다가와 그들이 더 이상 필요치 않은 존재임을 통보할 것이다. 노동세계에서 흔히 마주치게 되는 막다른 골목이었다.

"이런 슈퍼마켓에서는 친근함이라는 걸 찾아볼 수 없어."

계산을 끝내고 출구를 향해 걷던 중 페드로가 말했다.

"대부분의 물건은 싸구려 대량생산품이야. 최대한 큰 이익을 뽑아내려고 독성물질로 만든 것들이지. 슈퍼마켓의 분위기는 차갑고

익명성이 지배하고 있어서 아무도 서로 인사를 나누거나 미소를 짓지 않아. 나는 이곳에 올 때마다 마치 공장에서 장을 보는 것처럼 느껴져."

이윽고 두 사람은 유리문을 밀고 바깥으로 나왔다.

"작은 유기농 상점을 나설 때면 감사함으로 충만해진 느낌이거든. 반면 이런 슈퍼마켓에 들르고 나면 공허하다 못해 때로는 우울해지기까지 해. 그나마도 나는 2주일에 한 번 올까 말까인데 어떤 사람들은 날마다 이곳에서 장을 보더군. 이런 데서 하루 여덟 시간이나 일해야 하는 불쌍한 사람들도 있고. 그러니 대부분의 사람들이 행복해 보이지 않는 것도 당연하지."

그는 체념한 표정으로 고개를 절레절레 흔들었다.

"이런 걸 두고 찍어내기라고 하는 거야! 게다가 상황이 점점 악화되고 있으니 미래가 암울하다고 생각하는 곤잘레스 씨의 말도 일리가 있지."

자동차까지 페드로와 함께 간 니클라스는 그에게 먼저 가라고 말하고는 홀로 집을 향해 걸었다. 그리고 그날 하루 동안 겪은 일들을 곰곰이 되짚었다. 처음에는 늙은 농부의 고된 유년 시절에 관해, 그 뒤에는 슈퍼마켓에서 페드로가 피력한 비판적인 관점에 대해.

물론 굶주릴 필요가 없었던 자신의 삶이나 생활을 편리하게 해주는 슈퍼마켓의 존재에는 감사할 따름이었다. 그러나 이제 슈퍼마켓에서 장을 보는 일에 수많은 단점이 뒤따른다는 사실도 인정하지 않을 수 없었다. 슈퍼마켓은 장보기를 즐겁고 유익한 경험이 아닌 귀찮은 의무로 전락시키며, 지속가능한 지역 농업을 장려하기보다는 인간을 병들게 만드는 시스템을 굳히는 데 일조한다.

현대적인 삶이 가져다주는 혜택과 악영향에 관한 생각은 좀처럼 끝날 줄을 몰랐다. 그러나 집에 도착할 무렵에는 적어도 한 가지 결론을 도출해낼 수 있었다. 옛날이 무조건 나았던 것은 아니며, 지금도 모든 게 좋지만은 않다는 것. 그리고 가장 중요한 것은 바로 지금보다 더 나은 미래를 만드는 일이라는 게 니클라스가 내린 결론이었다.

독을 뿌릴 것인가,
사랑을 뿌릴 것인가

이튿날이 되자 구름은 온데간데없고 하늘이 다시금 새파란 빛을 내뿜고 있었다. 곤잘레스 씨는 이제 가을이나 돼야 다시 비가 내릴 거라고 말했다. 니클라스에게는 그저 반갑기만 한 이야기였다. 안달루시아에 얼마나 더 머물게 될지는 확실치 않지만 이른 시일 내에 독일로 돌아갈 생각도 없었기 때문이다. 보증된 것이나 다름없는 맑은 날씨를 포기하고 변덕스러운 독일의 봄 날씨와 씨름할 이유가 없었다.

기온이 여름에 가까웠던 이후의 몇 주일을 그는 해변과 집, 곤잘레스 씨의 밭 사이를 시계추처럼 오가며 보냈다. 바닷가를 따라 수없이 산책하며, 도시인 특유의 빠른 걸음으로 목적지를 향해 허둥대는 대신 느긋하게 여기저기 어슬렁거리기를 즐겼다. 동거인들끼리 마음이 잘 맞는 덕분에 집 안에도 늘 편안하고 여유로운 분위기가 감돌았다. 다만 네 사람이 동시에 집에 머무는 경우는 드물었다. 어쩌다 그런 기회가 오면 다 같이 작은 테라스에 모여 앉아 커피나 맥주를 마시며 각자 살면서 경험한 재미있는 사연을 주고받았다. 간혹 저녁이면 카드놀이를 하거나 영화를 보기도 했다. 남자들은 여전히 에바에게 잘 보이려 공을 들였지만 그녀로부터는 상냥한 미소 이상의 무엇도 돌아오지 않았다. 집 안의 평화를 위해서는 물론 그편이 나았다.

니클라스가 가장 많은 시간을 보낸 곳은 해변도 집도 아닌 곤잘레스 씨의 정원이었다. 그에게는 그 긴 시간이 가장 즐거웠다. 정원에서 보내는 시간은 다른 어느 순간보다 특별했다. 잡초를 뽑고, 땅을 파고, 가지를 치고, 물을 주는 일이 자신을 그토록 행복하게 만들 거라고는 상상조차 한 적이 없었다. 밭일은 너무나 오랫동안 잊고 있던 내면의 평화를 그에게 되돌려주었다. 아니, 그런 평화를 단 한 번도 누려본 적이 없는 것도 같았다.

곤잘레스 씨가 이야기했던 즐거움을 주는 노동, 야외에서 몸을 움직이며 하는 노동, 의미 있는 일임을 자각하게 만드는 노동이 바로 이것이었다. 니클라스는 비로소 노인이 미소를 잃지 않을 수 있는 비결이 무엇인지 서서히 그러나 분명하게 깨닫고 있었다.

곤잘레스 씨는 자애로울 뿐 아니라 풍부한 지식과 지혜까지 겸비한 스승과 같았다. 주변 환경에 관해서라면 아주 세세한 부분까지 알고 있었으며 일종의 부성애를 품고 자신이 키우는 식물들을 대했다. 채소들뿐 아니라 자신의 땅에 있는 동물과 나무, 심지어는 돌멩이를 대할 때도 마찬가지여서 대가족을 거느린 가장처럼 보이기도 했다.

곤잘레스 씨가 채소밭에서 움직이는 모습을 지켜보는 것만도 큰 즐거움이었다. 자신감 넘치는 태도로 밭을 돌아다니는 그에게서는 위엄 있는 왕의 모습과 겸허하고 충실한 시종의 모습이 동시에 엿보였다. 때로는 고랑과 고랑 사이를 유연하고 소리 없이, 매끄러운 발걸음으로 춤추듯 움직이기도 했다.

그는 각각의 식물들을 풍성하게 만드는 것이 무엇인지 정확히 알고 있었다. 어떤 식물에는 강한 햇볕이 필요했으며, 또 다른 식물에는 그늘이 더 중요했다. 고슬고슬한 흙에서 잘 자라는 식물이 있는가 하면 단단한 모래흙에서 더 잘 자라는 식물도 있었다. 서로 돕는 식물, 서로 어울리기 싫어하는 식물도 있다. 그 밖에도 곤잘레스 씨는 수확량을 늘리고 불청객으로부터 밭을 보호하는 비법을 수없이 알고 있었다. 예컨대 그는 주기적으로 거름을 만들어 희석한 뒤 땅에 뿌렸는데, 이는 흙에 풍부한 양분을 공급할 뿐 아니라 해충의 접근을 막는 효과도 있었다.

거름을 만들 때면 그는 손수레 가득 쐐기풀을 모아 커다란 나무 통에 넣은 뒤 물을 채우고 2주일 동안 불렸다. 기다리는 동안에는 날마다 굵은 나무 막대기로 휘저었는데, 그 모습은 마치 영약을 제조하는 연금술사처럼 보였다.

"밭일의 가장 좋은 점은 뭔가요?"

열심히 잡초를 뽑던 니클라스가 물었다.

"어이구, 다 좋지. 땅 파는 일, 채소를 심고 수확하는 일, 모두 다 내게는 즐겁기만 하다네."

곤잘레스 씨가 환한 미소를 지으며 대답했다. 니클라스도 마주 보고 웃었다.

"질문의 뜻은 그런 게 아니었어요."

스페인 사람들은 종종 니클라스가 하는 말의 의도를 잘못 이해 하곤 했다. 바르게 말하자면 스페인어가 외국어인 탓에 그가 잘못 된 표현을 쓰는 것이겠지만. 그는 질문을 고쳤다.

"밭일이 영감님에게 뭘 가져다주나요? 밭일이 영감님에게 어떤 도움을 주는지, 그러니까 영감님의 삶에 어떻게 유익한지 여쭤본 거예요."

곤잘레스 씨는 그에게서 몇 미터 떨어진 곳에 무릎을 꿇고는 잡초를 몇 개 뽑아냈다. 그러고 길게 생각할 것도 없이 대답했다.

"제일 중요한 건 내게 먹을 것을 준다는 사실이야. 채소를 돌보고 물을 주며 사랑으로 키우는 대가로 감자와 채소, 약간의 과일까지 얻게 되지."

그보다 명확할 수 없는 대답이었다. 심오한 철학적 깨달음이 아닌 날것 그대로의 실용주의. 이번에도 노인의 말은 진리였다. 언젠가 잘 익은 과일을 수확할 수 있으리라는 기대는 고된 노동에 가장 큰 동기로 작용한다.

니클라스가 지금껏 정원 일에 관심이 없었던 것도 바로 이런 이유에서였다. 야외에서 하는 일이라고 하면 울타리 가지치기나 잔디 깎기 정도밖에 떠오르지 않는데, 고작 말끔히 깎인 잔디밭과 꽃 몇 송이를 보기 위해 하는 일치고는 너무 힘든 노동이라고 생각했다. 미관상 좋을지는 모르나 니클라스에게는 그런 번거로움까지 감수할 동기로 충분치 못했다. 반면에 실제로 사용할 수 있는 것, 나중에 먹을 수 있는 것을 심고 가꾸는 일은 커다란 신선함으로 다가왔다. 관심이 깨어난 것은 물론, 그 이상의 열의까지 갖게 됐다.

"다른 측면에서도 도움이 되지. 날마다 내게 가르침을 주는 스승과도 같거든. 그것도 평생 말이야."

이것이 니클라스가 듣고자 했던 대답이었다. 밭이 주는 교훈과 메시지를 알고 싶었다.

"수십 년 동안 밭으로부터 무엇을 배우셨나요?"

노인은 잠깐 동안 가만히 흙을 응시하다가 대답했다.

"모든 걸 배웠지. 지금 내가 알고 있는 모든 건 밭에서 배운 거야. 예컨대 조바심을 치는 일은 무의미하다는 것도. 참는 자에게 복이 온다는 말도 진리라네. 나무를 잡아당긴다고 빨리 자라지는 않거든. 무슨 짓을 해도 소용없어. 나무에게는 서둘러야 할 이유가 없으니 아주 천천히 자랄 거야."

니클라스의 입에서 한숨이 새어 나왔다. 지금껏 그는 느림이 환영받지 못하는 세상에서 살아왔다. 그곳에서는 모든 것이 빨리 돌아가야 했다. 교통, 경력 쌓기, 심지어 생각도 마찬가지였다. 사람들은 기다리는 걸 극도로 싫어했다. 세상이 몰락하기 시작한 원인도 바로 여기에 있는지 모른다. 무슨 일이든 충분한 시간을 두고 해나가려는 사람이 없기 때문에. 그러나 의미 있는 뭔가를 창출해내는 데는 시간이 필요한 법이다.

"세상 모든 일에 시간이 필요하다는 진실을 받아들이지 못하면 조바심을 치며 고통받게 돼 있어. 최악의 경우에는 스스로 상황을 통제하려 들다가 생명체의 조화로운 리듬을 망가뜨리고 말지."

이번에는 곤잘레스 씨의 입에서 긴 탄식이 새어 나왔다.

"세상에는 우리가 마음대로 조종할 수 없는 게 있다네. 자연도 그중 하나고, 미래와 행복도 마찬가지야. 지연되는 버스도 그렇고."

니클라스는 당황하는 시늉을 했다.

"안타깝네요. 버스는 그렇지 않기를 바랐는데."

두 사람은 웃음을 터뜨렸다. 당나귀도 즐거운 듯 커다랗게 히힝 소리를 냈다.

"우리 마음대로 안 되는 일이 있는 건 사실이지만, 저 같은 독일인에게는 그걸 받아들이기가 쉽지 않아요. 언제나 계획을 세우고 안전을 확보해둬야만 직성이 풀리거든요. 게다가 모든 일이 제시간에 척척 이뤄지길 기대하고요. 독일인이 정확성이라든가, 뭐 그런 거로 유명하잖아요."

"정확해서 나쁠 건 없지. 단, 그 정확성의 기준은 자연이어야 해. 동틀 무렵 새소리에 맞춰 일어난다든지, 이른 봄에 때맞춰 씨를 뿌리는 일이 그거야. 시계를 기준으로 삼는 정확성은 자연적이지 못해."

"알고 있어요."

"안전 문제는 또 어떤가? 내 생각에 완벽한 안전이란 존재하지 않아. 독일도 예외는 아닐 걸세."

"맞아요. 독일도 마찬가지죠."

곤잘레스 씨는 어깨를 으쓱하며 무심히 말했다.

"다 그런 거야."

니클라스는 노인에게서 묻어나는 여유로움에 새삼 감탄했다. 그 자신도 이곳에서 보낸 여섯 주 동안 예전보다 훨씬 느긋해져 있었지만, 곤잘레스 씨의 경지에 다다르려면 아마도 최소한 20년은 안달루시아에서 밭일을 해야 할 것이다.

니클라스는 굵직한 풀뿌리를 잡아당겼다.

"잡초는 정말 끈질긴 놈들이에요. 게다가 퍼지고 자라는 속도는 또 얼마나 빠른지!"

그는 다시금 뿌리를 힘껏 잡아당겼다. 이번에는 성공이었다. 그런데 너무 순식간에 뽑히는 바람에 균형을 잃고 벌렁 나자빠지고 말았다. 그는 떨떠름한 기분으로 잠시 그대로 드러누워 있었다. 옆에서 바라보던 노인이 웃음을 참지 못하고 킬킬댔다. 니클라스는 몸을 일으킨 뒤 뿌리를 한쪽으로 던져버리고 옷에 묻은 흙을 툭툭 털어냈다. 그러고는 다시금 밭고랑에 무릎을 꿇었다.

"제초제를 사용하고 싶은 유혹이 정말 한 번도 들지 않던가요?"

곤잘레스 씨는 고개를 흔들었다.

"그편이 훨씬 쉽잖아요. 이렇게 귀찮은 일에 시간을 허비할 필요도 없고."

니클라스는 말을 채 끝맺기도 전에 생각 없이 내뱉은 말을 후회했다. 자신이 농사를 별 볼 일 없는 노동으로 치부하는 건방진 도시인임을 또 한 번 증명한 셈이었다. 그러나 맹세코 폄훼하려는 의도는 아니었다.

"우리가 지금 시간을 허비하고 있다고 생각하나?"

노인이 뜻밖이라는 투로 물었다.

"아, 그런 게 아니고요, 내 말은."

니클라스는 말을 더듬었다. 무슨 변명이 필요하겠는가? 물론 잡초 뽑는 일이 마음을 가라앉혀주기는 한다. 한 시간 동안 풀을 뽑는 일은 한 시간 동안 명상하는 것과 다름없었다. 영혼은 고요해지고 평온한 명료함이 내면 구석구석을 채운다. 황홀하기 그지없는 순간이다. 그러나 니클라스는 명상을 하는 농부가 아니라 은행원이었고, 경영학적 관점에서 볼 때 잡초 뽑기는 분명 시간 낭비였다.

"잡초 뽑는 데 그렇게 많은 시간을 보내지 않는다면 다른 일을 더 하실 수 있잖아요."

"나는 이 일이 즐거운걸. 그런데 무엇 때문에 다른 일을 한단 말인가?"

니클라스는 입술을 깨물었다. 곤잘레스 씨가 자신과는 전혀 다른 인생철학을 가졌다는 것도 익히 알고 있었고, 은행원으로 일하며 다져진 자신의 사고방식에도 이제는 확신이 서지 않는 게 사실이었다. 그런데도 그는 고집스레 입을 열었다.

"소파에 드러누워 게으름을 부린다거나, 그런 일을 말하는 게 아니에요. 예를 들어 남는 시간에 다른 밭을 일궈서 수확량을 늘리는 방법도 있고요. 수확이 많아질수록 돈도 많이 벌 수 있잖아요."

노인은 약간 혼란스러운 표정으로 그를 바라봤다.

"돈을 더 벌기 위해서 내 가엾은 채소에 독을 뿌리라는 건가?"

니클라스는 자신의 억지 주장이 패했음을 깨달았다. 더 많은 부의 대가가 독이 든 음식이라니. 수치심이 들 지경이었다. 이익을 극대화하는 일에 사고의 초점을 맞추도록 길들여진 탓이었다.

"그냥 한번 생각해본 거예요."

그는 한발 물러섰다.

"별로 좋지 않은 생각이구먼."

곤잘레스 씨가 단호히 응수했다. 침묵이 흘렀다. 화가 난 것처럼 보이던 노인은 얼마쯤 시간이 지나자 누그러진 목소리로 말을 이어갔다.

"농약을 뿌리기 시작하면 토양이 병들고 말아. 토양이 병들면 건강한 식물도 자랄 수 없게 되지. 필요한 것을 흙에서 더는 얻을 수 없으니 식물들도 병약해지고, 그러다 보면 이런저런 문제에도 더 쉽게 노출된다네. 그럼 결국 나는 또다시 농약을 쓸 수밖에 없고. 더 많은 독을 말이야. 그걸 먹는 나도 병에 걸려 병원을 찾게 될 테고, 병원에서는 또 화학약품을 주겠지.”

그는 니클라스의 눈을 들여다봤다.

“그리 현명한 방법은 아니잖은가?”

꼬리를 내리고 쭈그리고 있던 니클라스는 고개를 끄덕이며 수긍했다.

“독은 문제를 해결해주는 게 아니라 만들어내는 놈이야! 하지만 건강한 토양을 만드는 데 심혈을 기울이면 식물들도 건강해지지. 그러면 병을 없애느라 또다시 독을 쓸 일도 없어져. 나 역시 건강한 음식을 먹으니 약이나 의사를 찾을 필요가 없는 것이네.”

그는 니클라스를 향해 빙그레 웃어 보였다.

“독이 없으면 문제도 생기지 않아. 아주 단순하지 않은가.”

니클라스는 하마터면 ‘지나친 단순화 같은데요’라고 대꾸할 뻔했다. 그러나 살아있는 증거를 눈앞에 보고 있노라니 목구멍까지 올라왔던 말이 쏙 들어가 버렸다.

두 사람은 다시금 잡초 뽑기에 열중했다. 니클라스는 은행 일에 관해, 그리고 시골의 채소밭과는 동떨어진 삶에 관해 이런저런 생각을 거듭했다. 도처에서 어떤 질병의 징후가 나타나 사람들 사이에 점점 더 급속히 퍼지고 있었다. 그 자신도 이미 감염된 지 오래였다. 바로 탐욕이라는 이름의 질병이었다.

"모든 종류의 독 중에서도 가장 해로운 게 돈인 것 같아요. 돈이 인간을 탐욕스럽게 만드니까요. 마약에 중독돼 점점 더 탐닉하게 되는 것처럼."

곤잘레스 씨는 모자를 벗고 머리를 긁적였다.

"돈 자체가 문제라고는 생각지 않네. 돌멩이를 화폐로 쓴다거나 땅콩으로 거래를 한다 해도 결과는 마찬가지일 테니까."

그는 모자를 다시 눌러썼다.

"아니야, 돈은 죄가 없어. 탐욕은 인간의 내면 깊숙한 곳에 도사리고 있다네."

"그러면 인간이 탐욕스러워지는 원인은 뭘까요?"

"뭔가가 결핍돼 있다고 생각하기 때문이겠지. 내가 갖지 못한 뭔가를 가진 사람을 보면 그걸 향한 갈망이 고개를 들기 마련이야. 그 갈망이 이루어지지 않으면 욕구불만에 휩싸이게 되고."

"그걸 극복하려면 어떻게 해야 하죠? 탐욕과 갈망에 맞설 방법이 있나요?"

"잡초를 뽑으면 돼!"

니클라스는 그가 농담을 한다고 생각하고 웃음을 터뜨렸다. 그러나 곤잘레스 씨는 농담을 하려던 게 아닌 모양이었다.

"잡초가 너무 많이 나면 채소가 건강하게 자라는 걸 방해하니 무성해지지 않게 신경을 써야 해. 갈망도 마찬가지네. 너무 많은 갈망은 인간의 건강을 해치거든. 갖지 못한 것에 끊임없이 골몰해 있다 보면 사람이 어찌 행복해질 수 있겠는가?"

곤잘레스 씨는 눈을 크게 뜨고 그를 응시했다.

"우리는 이미 필요한 걸 다 가졌어. 그런데 더 많이 가져야 할 이유가 있는가?"

니클라스는 말없이 고개를 흔들었다. 우리가 항상 더 많이 가지려 드는 이유는 정녕 무엇일까. 미디어, 특히 텔레비전에 일부 책임이 있을 것이다. 사람들이 갖지 못한 것들을 끊임없이 보여주며, 그것 없이는 충만한 삶을 살 수 없다는 암시를 던지기 때문이다. 새 신발, 새 시계, 새 자동차. 가지고 있으면 썩 나쁘지는 않지만 행복해지는 데 반드시 필요하지는 않은, 그리고 사람들이 있는 그대로의 삶을 즐기지 못하게 만드는 수천 가지 물건들.

니클라스는 텔레비전 앞에서 마주하게 되는 수많은 광고를 떠올렸다. 가장 좋은 방법은 텔레비전을 팔아 치우거나 최소한 꺼버리는 것인지도 모른다. 무한한 갈망의 씨앗을 뿌려대는 모든 허상으로부터 해방되기 위해. 허상과 메시지는 그간 니클라스의 정신을 오염

시켜왔다. 그는 광고와 나쁜 뉴스 대신에 곤잘레스 씨 같은 사람들에 관한 영화가 방영된다면 세상이 얼마나 달라질지 상상해봤다. 그것도 심야 시간대가 아닌 저녁 8시에! 저녁 뉴스 대신 채소밭에서 고결한 단순함을 몸소 실천하고 있는 늙은 농부에 관한 다큐멘터리를 보여준다면. 사람들은 신념 때문에 궁핍이 아닌 소박한 삶을 사는 농부, 무한 소비가 아닌 절제의 비밀을 이야기하는 농부를 보게 될 것이다.

"몇 가지 소망이 있는 것도 물론 나쁘지는 않지. 그러나 지나치게 많은 소망은 화를 불러올 뿐이야."

"그럼 영감님은 원하는 게 너무 많아진다 싶을 때 뭘 하시나요? 그것으로부터 벗어나는 비결이라도 있나요?"

"아주 간단해. 그저 그 순간을 사랑하면 돼! 나는 그러기 위해 당장 하고 있는 일에 주의를 집중한다네. 풀을 뽑든, 토마토를 심든, 그저 그 일에 최선을 다하도록 노력하지. 뭔가를 잘 해내고 나면 기쁨과 만족감이 밀려오거든. 그쯤이면 갈망 따위는 온데간데없이 사라져버린다네."

무성한 쐐기풀 한 움큼이 노인의 손에 뽑혀 나갔다. 곤잘레스 씨는 몸을 일으키더니 이마에 맺힌 땀을 훔쳤다.

"때로는 잠시 손을 멈추고 내가 하고 있는 일에 경탄하기도 해.

가만히 앉아서 정원에 심어진 채소들을 바라보고 있을 때도 있고. 경탄하거나 바라보기만 하고 아무것도 하지 않을 때도 마냥 행복하다네. 지금 이 순간에 대한 행복과 만족감이라고 할까. 그런데 더 이상 뭐가 필요하겠나?"

니클라스는 미소를 지었다. 그 역시 손끝으로 흙을 파며 생각이 그저 흐르도록 내버려 둔 채 신선한 공기를 숨 쉬고 있노라면 무엇도 부족하다는 생각이 들지 않았다. 부족은커녕 완벽하다는 느낌이 온몸 구석구석으로 번지며 내면 깊숙한 곳까지 채워졌다. 돈으로는 결코 살 수 없는 느낌, 무엇보다도 미래에서는 찾을 수 없는 느낌이었다. 참된 행복은 오로지 현재로부터 자라난다는 사실을 니클라스는 점점 더 분명히 깨닫고 있었다.

곤잘레스 씨가 몸을 일으키더니 밭의 건너편에 있는 고랑을 향했다. 니클라스에게도 따라오라는 의미로 고개를 까딱해 보였다.

"욕심을 털어버리는 데 도움이 되는 게 또 있거든. 이것도 밭이 가르쳐준 거라네."

비밀이라도 누설하듯 은밀한 말투였다.

그는 무릎을 꿇고 뭔가를 뽑아내더니 두 손으로 흙을 파기 시작했다. 얼마 안 가 감자알이 흙 속에서 얼굴을 내밀기 시작했다. 곤잘레스 씨는 가장 큰 알을 파내어 자랑스럽게 공중으로 치켜들었다.

"녀석 참 실하기도 하지! 자네도 와서 한번 보게!"

니클라스는 그의 곁에 쪼그리고 앉아 땅을 파헤치며 열심히 감자를 찾기 시작했다. 그리고 얼마 안 가 목표물을 발견했다. 참으로 특별한 순간이었다. 태어나서 처음으로 스스로 흙 속에서 캔 감자를 손에 쥔 것이다.

"땅이 먹을 것을 주면 나는 그저 감사한 마음뿐이라네. 이게 바로 다른 모든 갈망을 물리치게 해주는 감사의 마음이지."

돌아오는 길에 니클라스는 밭일을 향한 새로운 열정에 관해 곰곰이 곱씹었다. 자연과 긴밀히 협업하는 일은 얼마나 멋진가! 자연은 얼마나 너그러우며, 그를 공격하고 오염시키고 망가뜨리는 인간은 얼마나 무지한가. 지난 몇 주일간의 경험 덕분에 그는 곤잘레스 씨를 점점 더 존경하게 됐다. 독이 아닌 사랑을 뿌리는 사람들은 그토록 중요한 존재다.

저녁나절이 되어 집에 도착한 니클라스의 얼굴에는 환한 웃음이 번져 있었다. 그는 밭에서 얻어온 보물을 자랑스레 동거인들에게 보여 줬다. 손수 캔 신선한 감자, 그것도 최상급 유기농 감자였다!

"그 영감님이 자네에게 썩 좋은 선생이구먼."

페드로가 즐거운 듯 말했다. 그러고는 스마트폰을 꺼내 뭔가를 찾더니 니클라스의 눈앞에 내밀었다.

"오늘 우연히 발견한 글이야. 중국의 옛 속담이라나. 자네 마음에도 들 것 같군."

니클라스는 작은 화면을 들여다보며 나직하게 글귀를 읽어보고 쿡쿡 웃음을 터뜨렸다. 그러고는 종이와 연필을 찾아들고 그 문장을 독일어로 옮겼다.

"고마워요! 침대 위에 붙여둘게요."

옮겨 적기를 마친 그가 페드로를 향해 말했다.

하루를 즐겁게 보내려거든 술을 마셔라.

한 해를 즐겁게 보내려거든 결혼을 해라.

평생을 즐겁게 보내려거든 밭일을 해라.

절망 속에서도
희망을 싹틔운 사람들

시간은 쏜살같이 흘렀다. 에스테포나에 도착한 지 얼마 되지도 않은 것 같은데 벌써 두 달이 흐른 뒤였다. 이상하게도 시간은 늘 나쁜 상황에서는 달팽이처럼 느리게, 좋은 상황에서는 빠르게 달아나듯 흘러가 버린다. 반대로만 된다면 얼마나 좋을까? 먹구름은 순식간에 물러가고 밝은 순간만 영원하다면, 삶을 리모컨으로 조종하듯 정지 버튼이나 빨리 감기 버튼을 누를 수 있다면, 아주 특별한 경험을 하고 난 뒤에는 뒤로 감기 버튼을 누를 수 있다면!

그러나 인생이라는 영화는 슬프고 고통스러운 장면에서는 느린 재생 버튼을 누른 것처럼 흘러가고, 기쁘고 즐거운 장면은 총알같이 지나간다. 그나마 니클라스는 그처럼 기이한 모순에 집착하는 것이 아무 소용없는 일임을 알고 있었다. 곤잘레스 씨도 입버릇처럼 "어쩔 수 없는 일이지"라고 말하지 않던가? 인생이란 그런 것이다.

6월의 첫 번째 목요일, 공유주택의 세 남자는 햇볕 내리쬐는 테라스에서 함께 아침 식사를 했다.

"그런데 보트는 어떻게 됐나요?"

니클라스가 페드로를 향해 물었다.

"형님이 그저 차고를 채울 물건이 필요해서 그 녀석을 산 모양이에요."

카딤이 빈정거리며 끼어들었다.

"재미없으니 그만하라고."

페드로가 대꾸하며 눈을 흘겼다.

"뭐, 맞는 말이기는 하지만. 지금껏 한 번도 못 써먹었다니, 어처구니없는 일이지!"

그는 잠깐 고민하다가 말했다.

"자네들 오늘 저녁에 약속 있나?"

니클라스와 카딤은 서로를 흘긋 보더니 어깨를 으쓱했다.

"좋아."

페드로가 재빨리 말했다.

"그럼 오늘 저녁에 시승식을 하자고."

페드로와 카딤이 태양광 패널 설치 문제로 고객을 만나러 나간 뒤 니클라스는 곤잘레스 씨의 정원으로 향했다. 안달루시아에는 어느덧 여름이 찾아와 있었다. 낮 기온은 늘 최소 25도 이상이었고 밤공기도 온화했다. 식물이 자라기에는 더할 나위 없이 좋은 조건이다! 채소에서 잡초에 이르기까지 모든 식물이 쑥쑥 자라고 퍼지는 중이었다. 젊은 독일인 일꾼이 할 일도 그만큼 많아졌다.

"오늘 할 일은 뭡니까?"

노인은 점검하듯 채소밭을 한 번 훑어봤다. 말 그대로 식물들이 폭발적으로 자라는 이런 시기에는 우선순위를 정하는 게 중요했다.

"새로 돋은 곁순을 빨리 잘라내야 해. 자네가 하겠나?"

"곁순이 뭔데요?"

"토마토의 굵은 줄기 사이사이에 자라는 작은 줄기를 말하네. 보여줄 테니 따라오게나."

두 사람은 정원 뒤편에 있는 토마토밭으로 갔다. 불과 몇 주에 심은 모종들이 무성하게 자라 마치 정글을 보는 것 같았다. 덕분에 곤잘레스 씨도 니클라스에게 할 일을 설명할 때 허리를 굽히지 않아도 됐다.

"자, 여기 굵은 줄기에서 뻗어 나간 본순 사이에 잔줄기가 또 하나 돋아나 있지. 이게 곁순이라네. 그냥 내버려 두면 식물의 기운을 빼앗아가서 작고 품질 나쁜 토마토가 열리게 되네."

그는 날렵한 손동작으로 필요 없는 곁순을 잘라냈다.

"주기적으로 잘라주면 이 녀석들은 보답으로 아주 훌륭한 토마토를 선물해주거든."

니클라스는 싱긋 웃었다. 새로운 걸 또 하나 배웠다. 그는 잘라낸 곁순을 담을 양동이를 챙긴 뒤 토마토 줄기에서 곁순을 잘라내는 데 오전 시간을 모두 할애했다. 얼마나 지났을까. 곤잘레스 씨가 오더니 방금 딴 싱싱한 딸기 한 대접을 건넸다.

"얼마 전에 준 주키니 호박은 어땠던가?"

빨갛게 익은 딸기를 음미하는 니클라스를 향해 노인이 물었다. 이제 니클라스는 날마다 밭에서 먹을 것을 얻어가고 있었다.

"아주 맛있었어요! 정말 고맙습니다!"

니클라스가 가져온 주키니 호박은 페드로의 쿠스쿠스(좁쌀 모양의 파스타-옮긴이) 요리에 들어갔다. 다 같이 모여 식사를 하던 동거인들은 주키니 호박을 맛보고는 감탄을 금치 못했다. 맛뿐만이 아니라 농약을 뿌리지 않은 채소라는 사실, 불과 몇 시간 전에 수확한 채소라는 사실도 놀랍기는 마찬가지였다. 어느덧 니클라스는 재료가 어디에서 왔는지 알고 나면 음식도 훨씬 맛있게 먹을 수 있음을 깨닫고 있었다.

오후 1시가 조금 못 돼 곁순 자르기를 끝마친 니클라스가 또 다른 할 일이 있는지 묻기 위해 곤잘레스 씨에게 갔을 때 출입문 밖에 짙은 회색 자동차 한 대가 나타났다. 먼지구름이 한바탕 일고 쉰 살쯤 돼 보이는 남자가 자동차에서 내렸다. 니클라스는 잠깐 생각을 더듬은 끝에, 그가 한 달 전에도 찾아왔던 시 공무원임을 기억해냈다.

"안녕하신가."

곤잘레스 씨는 여느 때와 다름없이 친절하게 인사를 건넸다. 시 공무원은 인사를 하는 둥 마는 둥 웅얼거리더니 곧장 본론으로 들어갔다.

"지난번에 제가 한 말을 농담으로 여기신 모양이군요. 분명 마음대로 지껄여보라고 생각하고 넘기셨겠죠. 뭘 모르시는 모양인데, 농담이 아니었다고요!"

그는 몸을 돌려 채소 이름이 적힌 나무판을 가리켰다.

"사유지에서 채소를 판매하는 건 불법이라고 지난번에 아주 분명히 말씀드렸습니다."

노인은 얼떨떨한 얼굴로 그를 바라봤다.

"무슨 말인지는 알겠네만, 그럼 나보고 어떻게 하란 말인가?"

모든 사람을 똑같이 대하는 그는 시 공무원에게도 존대를 하지 않았다.

"이미 말씀드렸잖아요. 물건을 업체에 가져다 파시라니까요!"

"그렇게 하면 제값을 받을 수 없네. 게다가……."

"그건 제 소관이 아닙니다. 어쨌거나 판매는 불법이에요! 불법을 저지르셨으니 규칙 위반 통지서가 날아올 겁니다."

곤잘레스 씨는 말없이 그를 쳐다보기만 했다.

"통지서를 받으면 어떻게 되는 겁니까?"

보다 못한 니클라스가 끼어들었다.

"먼저 벌금 5백 유로를 내셔야 합니다. 통지는 경고로 간주되고요. 다시 한 번 규칙을 위반하면 또다시 통지서를 받게 될 겁니다. 세 번째 통지서가 날아간 뒤에는 사유지를 몰수합니다."

공무원은 사무적인 투로 설명했다.

"5백유로는 과한 것 아닙니까? 그렇게 많이 파는 것도 아닌데 말이에요."

니클라스가 조심스레 따졌다.

남자는 알 바 아니라는 듯 어깨를 한 번 치켜세우고는 딱딱한 표정으로 다시 노인에게 돌아섰다.

"제가 드릴 말씀은 그저 규칙을 따르라는 것뿐입니다. 그러지 않으면 원치 않아도 조만간 이곳을 떠나셔야 할 테니."

곤잘레스 씨는 여전히 침묵을 지켰다.

"규칙 위반 통지서는 다음 주에 우편으로 받아보시게 될 겁니다."

공무원은 한 마디 덧붙이더니 휙 돌아서서 자동차에 올라타고 떠나버렸다.

니클라스는 자동차 쪽을 멍하니 바라봤다.

"정말 벌금을 내야 하는 건가요?"

노인은 한숨을 쉬었다.

"아마 그런 일은 없을 거야. 문제는 한 번은 괜찮을지 몰라도 그 한 번으로 그치지 않을 거라는 점이지."

"그냥 협박하려고 빈말을 한 것일 수도 있잖아요. 혹은 벌금 한 번만 내면 저들도 덮고 지나갈지 모르고요."

곤잘레스 씨는 고개를 저었다.

"얼마 전에 한 이웃과 이야기를 나눴다네. 이미 부동산 업체의 제안을 수락하고 계약서에 서명까지 했다더군. 다른 이웃 한 명도 곧 그렇게 할 거라고 들었어. 이제 농약을 쓰는 이웃과 나밖에 남지 않았어. 농약을 쓰는 이웃은 협상해서 돈을 더 받아내려고 일부러 미루는 것뿐이고. 그가 땅을 팔아버리는 건 시간문제야."

"그게 뭘 의미하죠?"

"저들이 법적 절차를 밟고 나를 이 땅에서 쫓아낼 때까지 계속해서 규칙 위반 통지서를 보낼 거라는 의미지."

"대응할 방법이 전혀 없는 건가요?"

"나도 모르겠네. 좋은 변호사를 구하면 영향력을 발휘할 수도 있겠지. 하지만 우리 둘뿐이라면?"

노인은 잠깐 생각에 잠겼다가 덧붙였다.

"우리끼리는 아무것도 할 수 없어."

니클라스는 그 순간 자신이 법학을 공부하지 않은 것을 후회했다. 그랬다면 최소한 뭔가 의미 있는 일에 자신이 가진 지식을 활용할 수 있었을 것이다. 그러나 그는 경영학을 공부했고, 또 모든 일이 법으로 해결되는 것도 아니다. 거액의 돈이 걸린 문제에서는 특히 그랬다.

"안타깝게도 요즘 세상에 나 같은 농부는 설 자리가 없어."

침울해 보이기는 했지만 노인은 현실을 직시하고 있었다.

"언젠가는 이곳에서 채소가 사라지고 골프공이 굴러다닐 테지. 손이 아니라 골프채가 이 땅을 지배할 테고."

니클라스는 한숨을 내쉬는 노인을 먹먹한 심정으로 바라봤다.

"내가 할 수 있는 거라고는 그저 굴삭기가 나타날 날이 아직 멀었기를 바라는 것뿐이야. 그 사이에 누군가, 혹은 뭔가가 나타나 도움을 준다면 얼마나 좋겠는가."

저녁 6시가 조금 안 되어 집에 들어서는 순간, 묘하게 시큼한 냄새가 니클라스의 코를 찔렀다. 이 거북한 냄새의 근원이 어디인지 찾아보려던 참에 거실 쪽에서 구토하는 소리가 요란하게 울렸다. 그쪽으로 가본 니클라스는 경악해서 우뚝 멈춰 섰다. 페드로가 긴 소파에 드러누운 채 혼까지 빠져나올 것처럼 토하고 있는 게 아닌가! 카딤은 그 옆의 안락의자에 앉아 무심히 잡지를 뒤적이고 있었다.

"도대체 무슨 일이에요?"

"형님이 오늘 점심을 잘못 드신 모양이에요. 미트볼을 먹지 말라고 내가 그렇게 말했건만. 이 더운 날씨에 이틀 동안 주방에 굴러다니던 거였다고요. 그런데 아깝다고 버리지 않는 거예요. 자업자득이지 뭐람."

카딤은 잡지에서 눈도 떼지 않고 대답했다.

페드로는 힘겹게 몸을 돌려 소파에 등을 대고 누웠다. 그의 얼굴은 입을 닦으려고 들고 있는 휴지와 구별도 안 될 만큼 창백했다.

"병원에 모셔다 드려요?"

니클라스가 묻자 페드로는 됐다는 의미로 왼손 검지를 치켜들고 까딱거렸다. 그러고는 수차례 심호흡을 하더니 상체를 천천히 일으켰다.

"이제 다 나온 것 같아. 금방 회복될 거야."

페드로가 힘없이 말했다.

"형님이 괜찮으시다면 뭐."

니클라스는 못 믿겠다는 투로 대꾸했다.

"그래도 보트 시승식은 미루는 게 좋겠네요."

니클라스의 말에 페드로는 잠시 고민에 빠졌다. 그러나 파도에 흔들리는 보트 위에 앉아 있을 걸 생각하니 또다시 욕지기가 밀려오는 모양이었다.

"나는 집에 있어야겠어. 원한다면 자네들끼리 다녀오든가."

"보트는 형님 거잖아요. 게다가 그 상태로 혼자 있는 건 무리예요."

"괜찮으니까 둘이서 가. 30분만 있으면 에바도 퇴근할 테니."

페드로는 고집을 부렸다. 니클라스는 카딤을 바라봤다. 보트를 탈 생각으로 온종일 들떠 있던 터에, 그 즐거움을 포기하고 간호사 노릇을 하는 건 사실 두 사람 다 내키지 않았다.

"좋아요. 에바가 올 때까지 기다렸다가 잠깐 나가서 타고 올게요."

니클라스가 마침내 결심하고 대답했다.

한 시간 남짓이 지나서야 귀가한 아름다운 헝가리 동거인은 선선히 페드로를 돌봐주겠다고 나섰다. 니클라스와 카딤은 밖으로 나오기는 했으나 차고에서 보트를 끌어내는 데 또다시 한 시간을 허비했다. 보트를 물에 띄웠을 때는 이미 저녁 8시 15분이었다.

"9시쯤이면 해가 질 텐데. 시간이 많지 않아."

니클라스가 말했다.

"다른 할 일이라도 있어요?"

"그건 아니지만 어둠 속에서 바다 위를 떠다니는 게 그리 유쾌한 일은 아닐 테니까."

"천만의 말씀. 물고기들은 밤에 더 잘 잡힌다고요."

카딤이 싱긋 웃으며 대꾸하더니 보란 듯이 낚싯대를 치켜들었다.

니클라스는 물고기나 보트에 관해서는 물론이고 야간 항해에 관해서는 더더욱 아는 것이 없었다. 그나마 날씨가 온화해 그다지 불안하지는 않았다. 바람도 전혀 없고 바다는 호수처럼 잔잔했다. 게다가 카딤을 신뢰하지 않을 이유도 없었다.

몇 미터쯤 바다를 향해 노를 저어 나간 뒤 조종간을 잡은 카딤은 시동을 켜고 수평선을 향해 보트를 몰기 시작했다.

두 사람은 20분 동안 방향을 틀지 않고 똑바로 항해해 나아갔다. 니클라스는 티셔츠와 수영복 바지 차림으로 뱃머리에 드러누워 멀어져가는 해안선을 바라봤다. 가장 높은 건물이 아주 작은 점처럼 보일 만큼 멀어졌을 때 카딤이 갑자기 시동을 꺼버렸다.

"뭐 하는 거야?"

니클라스가 깜짝 놀라 물었다. 몸을 돌려 바라보니 반짝이는 푸

른빛만 사방을 감싸고 있었다.

"그럼 시동을 켜두고 낚시를 하나요?"

니클라스는 안도의 한숨을 내쉬었다. 카딤은 이내 낚싯대를 꺼내더니 배 한가운데의 가로대에 진득하니 앉아 낚싯줄의 끄트머리를 주시하기 시작했다.

"이 소리 들려요?"

"무슨 소리?"

"고요한 소리."

그제야 니클라스는 일상의 소음이 모조리 사라졌다는 사실을 깨달았다. 부르릉거리는 모터 소리도, 경적 소리도, 사람의 목소리도, 삑삑대는 소리도 모조리 사라지고 아무 소리도 남아 있지 않았다.

"저는 이런 고요가 늘 그리워요. 이런 정적은 오로지 이곳에만 존재하거든요. 사람들이 만들어내는 소음으로부터 멀리 떨어져 깊디깊은 바다에 둘러싸여 있을 때만."

두 사람은 입을 다문 채 바다가 뿜어내는 압도적인 고요함에 귀를 기울였다. 평화롭고 진솔한 동시에 어딘지 은밀하고, 조금은 두려움을 자아내기도 하는 지극히 특별한 분위기였다. 태양은 먼 산의 능선으로 기울어가고, 그 아래 미지의 세계에 사는 생명체들은 밤을 맞이할 준비를 하고 있었다.

니클라스는 카딤의 과거에 관해서 아는 바가 별로 없었다. 세네 갈 출신이며 어부로 일한 적이 있다는 사실밖에는.

"아프리카에서의 삶은 어땠어?"

카딤은 대답 없이 낚싯줄을 물끄러미 바라보다가 이내 미소를 띠 며 이야기를 시작했다.

"정말 멋졌어요! 저는 수도인 다카르에서 북쪽으로 60킬로미터 쯤 떨어진 해변마을 카야르에서 자랐죠. 에스테포나와 약간 비슷하 지만 이보다 훨씬 작은 마을이에요. 가족과 함께 살았는데, 이곳처 럼 아빠, 엄마, 아이로만 구성된 가족이 아니라 그야말로 식구들이 전부 모인 가족이었죠! 제 부모님과 다섯 남매 외에 네 분의 숙모님 과 숙부님, 그분들의 자녀들, 조부모님, 심지어 증조부모님도 함 께 살았거든요. 다 합치면 서른 명이나 됐어요!"

"그 많은 가족이 한집에 살았다고?"

"그건 아니고요."

카딤은 웃음을 터뜨렸다.

"작은 집 두 채 주위에 오두막 여러 채가 흩어져 있었어요. 모두 아주 소박했지만, 그 이상은 필요치도 않았고요."

"그곳에서 뭘 했는데?"

"형님들과 함께 일찍부터 아버지 일을 도왔어요. 저는 열한 살에 학교를 그만두고 어부가 됐죠. 다른 수많은 아버지와 아들처럼 저희도 날마다 바다로 나갔답니다. 물고기가 얼마나 많았는지 형님은 상상도 못 할 거예요!"

그는 신이 난 듯 어느새 수다스러워져 있었다.

"그야말로 천국이었어요! 북적대는 시장, 눈부신 백사장, 온통 행복한 얼굴들뿐이었죠. 그보다 멋진 인생은 상상하기도 어려웠어요."

"그런데 어쩌다가 유럽까지 오게 됐어?"

카딤은 망설이는 기색이었다. 망설임과 더불어 웃음도 사라졌다.

"물고기가…… 갑자기 사라졌어요."

"어느 날 갑자기?"

"그런 건 아니고요. 저희 친애하는 정부 관료나리들께서 어느 날부터인가 외국 기업에 조업권을 팔아넘기기 시작하더군요. 그러자 거대한 저인망 어선들이 하나둘 해안에 나타났어요. 프랑스, 한국, 중국 등 국적도 다양했죠. 정부가 바다를 그냥 팔아버린 거예요. 우리 바다를!"

그의 목소리에서는 이제 분노가 묻어났다.

"하지만 그렇게 큰 배들은 해안에서 멀리 떨어진 곳에 머물 텐데. 정말 어부들의 몫이 하나도 남지 않았단 거야?"

"거의 남지 않았어요. 대형 저인망 어선은 작은 고깃배 쉰 척이 일

년 내내 잡을 만큼의 물고기를 단 하루에 쓸어간다고요. 그 상황에서 물고기가 남아날 리가 있나요?"

잠시 침묵이 흘렀다.

"그래서 어떻게 됐지?"

"상황이 점점 악화됐어요. 주민들은 일자리를 잃고, 시장은 텅 비고, 기아가 퍼졌죠. 많은 이들이 일자리를 찾아보려고 수도로 이주했어요. 하지만 난 그러고 싶지 않았어요. 도시 생활은 맞지 않았으니까. 게다가 그곳에서는 빈곤도 큰 문제가 되고 있었죠."

또다시 침묵이 흘렀다. 그때 별안간 찌가 움직였고, 카딤은 커다란 농어 한 마리를 배 위로 끌어 올렸다. 그의 얼굴에 잠시 환한 미소가 되돌아왔다. 그는 팔딱거리는 물고기를 한구석에 놓고는 낚싯바늘을 도로 바다에 던진 뒤 이야기를 계속했다.

"부모님의 형편은 날이 갈수록 어려워졌고 두 형도 일찌감치 도시로 떠나야 했어요. 우리는 점점 절망에 휩싸였어요. 스물한 살 생일을 맞은 직후에는 나도 그곳을 벗어나기로 결심했죠. 어디를 가도 지금보다는 나을 거라고 확신했거든요. 어딘가 아주 먼 곳으로 가면."

그는 잠시 말을 끊었다.

"고향에서 잃어버린 희망을 머나먼 어딘가에서 다시 찾을 수 있을 거라고 생각했어요."

"유럽에서 그 희망을 찾으려고 한 건가?"

"맞아요. 물론 우리가 생각하는 유럽은 형님 같은 유럽인들이 아는 것과는 전혀 달랐어요. 그냥 비행기를 타고 날아갈 수 있는 곳이 아니었죠. 꿈을 찾아가기 위해 선택할 수 있는 유일한 길은 바닷길뿐이었어요."

태양은 어느덧 능선 너머로 사라지고 해안에는 하나둘 불이 켜지고 있었다. 니클라스의 시선이 매끄러운 수면과 지브롤터의 원숭이산을 따라가다, 그보다 더 남쪽의 수평선 위로 드리워진 아프리카의 검은 실루엣에까지 가 닿았다. 카딤의 시선도 그를 따라갔다.

"처음에는 한 대륙에서 다른 대륙으로 배를 타고 건너가는 건 불가능하다고 생각했어요. 그런데 카야르를 떠나는 파테라(patera)가 점점 늘어나더군요."

"파테라라고?"

"난민 보트요."

니클라스는 퍼뜩 카딤을 향해 돌아누웠다. 그때까지만 해도 난민 보트에 관한 이야기는 뉴스에서 들은 것이 전부였다.

"난민 보트를 타고 유럽에 왔다고?"

"그래요. 세네갈에서 모리타니까지, 그다음엔 카나리아 제도의

라스팔마스로 건너왔어요. 1주일 동안 바다를 떠다녔죠."

"그렇게나 오래?"

니클라스가 충격에 휩싸여 묻자 카딤은 묵묵히 고개를 끄덕였다.

"타고 온 보트는 어떤 거였어?"

"고향에서 고기 잡을 때 타던 배와 같은 종류였어요. 지금 우리가 타고 있는 것과도 비슷해요. 이보다는 조금 더 크지만. 길이가 10미터에서 11미터쯤 될 거예요."

"보트에 탄 사람은 몇 명이었지?"

"104명이요."

니클라스는 딱 벌어진 입을 다물 줄 몰랐다.

"10미터짜리 나무보트에 백 명이 넘는 사람들이 타고서 아프리카에서 유럽까지 건너왔다고?"

카딤은 또다시 고개만 끄덕였다.

"거기다 일주일 동안 먹고 마실 식량과 유럽까지 오는 데 필요한 연료까지 실었어요. 20리터들이 물통만 180개나 됐죠. 조금 좁기는 했지만 그럭저럭 괜찮았어요."

'조금 좁았다'라. 니클라스는 속으로 되뇌었다. 비행기로 단거리를 갈 때도 옆에 뚱뚱한 사람이 타면 불평하는 그였다. 그런데 작은 나무보트에 일주일 동안 그 많은 사람이 타고 있었다니, 그로서는 상상도 할 수 없었다.

"그 일이 어떻게 이뤄진 거야? 어디에서, 언제 배가 출발하는지는 어떻게 알았고?"

"카야르는 작은 동네라서 말이 빨리 돌았어요. 어느 날 저녁에 한 친구가 전화를 해서는 이튿날 출발이라고 일러주더군요. 짐을 대충 싸고 모두와 작별인사를 나누기까지 남은 시간은 불과 몇 시간뿐이었어요."

카딤의 목소리가 나직해졌다.

"가족과 친구들에게 작별인사를 건네는 일이 가장 힘들었어요. 어머니를 껴안는 순간에도 언제 다시 뵐 수 있을지 막연했죠. 다시 만날 수나 있을지도 미지수였고."

"……"

"우리는 한밤중에 해변에 있는 작은 만에 모였어요. 경찰에게 발각되면 바로 감옥행이기 때문에 조심해서 움직여야 했죠. 식량을 싣고 난 뒤에 선장이 사람들을 불러 모았어요. 그때 그가 한 말을 영원히 못 잊을 거예요. '지금부터 우리는 불확실한 여행을 떠나게 됩니다. 불확실하다는 말은 우리가 목적지에 도착하게 될지 알 수 없다는 의미입니다.' 목적지에 도달하는 데 실패한 수많은 파테라에 관한 소문은 누구나 들어서 알고 있었어요. 바다는 놀이터가 아니거든요. 바다 한가운데에서는 어떤 일도 일어날 수 있어요. 폭풍우에 휘말려 익사할 수도, 방향을 잃고 떠돌다가 탈수증으로 서서히 죽어갈 수도 있어요. 싸움이 벌어지거나 병이 돌기도 하고요. '사망한 사람은 즉각 바다에 던질 겁니다. 그게 누구든 상관없이. 저도 예외는 아닙니다. 그러지 않으면 이틀도 못 가서 다른 사람들까지 모두 죽을 테니까.' 선장이 말했어요. 직접 겪어보지 않고서는 그 기분이 상상도 안 갈 거예요. 모두들 한 마디도 하지 않고 숨죽이고 있었어요. 두려웠던 거죠. 마치 전장에 끌려가는 기분이었어요."

"⋯⋯그래도 모두 배를 탄 거야?"

"예. 두려움보다 절실함이 컸기 때문이에요. 희망도 마찬가지고."

니클라스는 도대체 얼마나 깊은 절망을 경험해야 생명의 위험까지 무릅쓸 각오가 드는 것인지 상상해보려 애썼다. 독일에는 기차가 조금 연착되거나 사려던 빵이 동난 것만 봐도 발작을 일으킬 듯 흥분하는 사람들이 넘쳐났다. 혹은 주가가 내려가거나 경제성장이 한 해만 침체되어도 위기가 닥쳤다며 호들갑을 떤다. 그러나 그들 중에는 진짜 절실함이 어떤 것인지 알지도 못하는 사람이 대부분이다.

"여정은 어땠어?"

니클라스는 뱃속에서 스멀스멀 올라오는 거북함을 무릅쓰고 물었다.

"대체로 순조로운 편이었어요. 딱 한 번 한밤중에 시동이 꺼지는 바람에 몇 시간 동안 이리저리 떠다닌 일이 있어요. 시간이 그토록 느리게 느껴진 적은 처음이었어요. 바다 한가운데서 모터가 고장 났다는 건 서서히 죽음을 기다려야 한다는 의미예요. 그런데 갑자기 시동이 다시 걸려 계속 항해할 수 있었죠. 참, 선장이 하마터면 GPS 기기를 물에 빠뜨릴 뻔한 적도 있었어요. 바다 한가운데서 자신이 있는 위치를 모르면 그냥 기도나 하고 있는 수밖에 없어요."

그 말에 화들짝 놀란 니클라스는 불빛이 보이는지 확인하기 위해 재빨리 해안선 쪽을 돌아봤다. 카딤은 아랑곳없이 이야기를 이었다.

"그것 말고는 별문제 없었어요. 물론 몇몇 사람에게는 항해가 끔찍했을 거예요. 공포만도 참기 힘든데 배가 끊임없이 흔들리니 내내 토하는 사람도 있었죠. 페드로가 집에서 소파에 편안히 드러누워 토하던 것과는 차원이 달랐어요. 그래도 그런 상황에 부닥친 사람들치고 대부분은 괜찮았어요. 우리는 많은 얘기를 나눴고, 심지어 농담도 주고받았죠. 물론 멋진 순간들도 있었어요. 고래도 많이 봤고 몇 명은 바다 한가운데서 수영도 했거든요. 정말 끝내주는 모험이었어요!"

찌가 또다시 움직이자 카딤은 싱긋 웃으며 또 한 마리의 농어를 낚아 올렸다.

"그래서 결국 어떻게 됐지? 모두들 무사했나?"

궁금함을 참지 못한 니클라스가 재촉했다.

"예. 모두 무사했어요. 여드레째가 되자 수평선 위로 산이 보이기 시작하더니 이내 스페인 해양경비대의 헬리콥터가 다가오더군요. 잠시 후에는 커다란 구조선이 와서 우리를 옮겨 타게 했어요. 뭍에 도착했을 때는 모두 환호성을 질렀어요. 첫째로는 위험천만한 여정을 무사히 마쳤다는 안도감에서, 그다음으로는 이제 부자가 될 거라는 기대감에서였죠."

카딤은 껄껄 웃으며 고개를 절레절레 흔들었다.

"부자가 된다는 게 쓰디쓴 환상이었음을 깨닫기까지는 얼마 걸리지도 않았어요. 다들 유럽에 처음 와봤으니까요. 우리가 유럽에 관해 아는 거라곤 텔레비전에서 본 모습, 멋진 자동차와 커다란 저택 따위가 전부였어요. 우리가 본 유럽인은 세네갈에 여행 와서 비싼 호텔에 묵는 관광객들뿐이었고. 그래서 유럽에서는 누구나 돈이 많고 걱정거리 따위는 없는 줄 알았어요."

"그렇지 않다고 말해준 사람이 아무도 없었던 거야?"

"물론 있기야 했죠. 도피에 성공한 사람들은 모두 고향 사람들에게 현실이 어떤지 경고했어요. 문제는 아무도 그걸 믿으려 들지 않았다는 거예요. 그들은 유럽에서 쌓은 부를 남들과 나누기 싫어서

거짓말을 하는 이기주의자로 몰렸어요. 그러고는 여전히 그릇된 환상을 품었죠…….”

카딤은 또다시 고개를 흔들었다. 이번에는 웃음도 사라지고 없었다.

“라스팔마스에 도착한 뒤 첫 달은 난민촌에서 보냈어요. 관타나모(Guantanamo, 미 해군기지가 있는 쿠바 남동부의 도시-옮긴이)의 죄수들도 그보다 덜 자유롭지는 않을 거예요. 얼마나 끔찍했는지! 그곳에서부터 비행기로 스페인의 이곳저곳으로 이송됐는데, 목적지에 대한 선택권은 주어지지 않았어요. 저는 말라가행 비행기에 태워졌죠. 처음 몇 주일 동안에는 자선단체의 도움을 받았지만, 나중에는 완전히 혼자서 헤쳐 나아가야 했어요. 집에서 가져온 150유로는 바닥난 지 오래였고. 아는 사람 하나 없는 낯선 땅에 돈도 체류 허가도 없이 홀로 내던져진 셈이에요.”

“그래서 어떻게 했어?”

“스페인 남부의 알메리아(Almeria)에 가면 외국인들을 위한 일자리가 있다고 누가 알려줬어요. 그래서 그곳에 가서 널리고 널린 대형 비닐하우스에서 몇 달 동안 말도 안 되는 돈을 받고 일했어요. 그곳에는 아프리카인이 수천 명이나 돼요. 무너져가는 오두막에 살며 북유럽에 가져다 팔 채소에 온종일 농약 뿌리는 일을 하죠. 착취보다 지독한 게 바로 농약이었어요. 끊임없이 피부가 가렵고 눈이 따갑고, 시간이 지나면 호흡기에도 문제가 생기거든요. 얼마 지나니 도저히 견딜 수 없어서 말라가로 돌아왔어요. 그 뒤에는 알메리아에서 알게 된 몇몇 친구들의 도움으로 해변에서 불법 복제된 DVD나 가짜 명품 가방을 팔기 시작했죠. 매일 열두 시간 동안 뜨거운 모래 위를 걸어 다녔지만 돌아오는 건 멸시뿐이었어요. 운이 좋으면 저녁 무렵까지 주머니에 15유로가 모였는데, 그중 절반을 가족에게 보냈으니 제게 남은 건 하루 10유로도 채 안 됐죠. 유럽에서 10유로도 안 되는 돈을 가지고 하루를 보내보세요. 방 세 칸짜리 집에 무려 스물두 명이 살았다니까요!"

니클라스는 아연실색하다 못해 이제 할 말조차 잃었다. 두 사람은 한동안 말없이 앉아서 검은 밤을 응시했다.

"세네갈로 돌아갈 생각은 한 번도 해본 적이 없나?"

카딤은 숨을 한 번 깊게 들이쉬었다가 천천히 내뱉었다.

"왜 안 했겠어요. 자주 했죠. 한동안은 이곳 스페인에서 겪는 궁핍함이 카야르의 집에 있을 때 비해 나을 게 없었으니까. 게다가 고향에서는 최소한 인간다운 대접이라도 받았잖아요. 그래도 포기하고 싶지 않았어요. 어떻게든 스페인 체류 허가를 받고 싶었어요. 유럽 신분증명서를 소유한다는 건 어마어마한 장점이거든요. 부가 보장되는 건 아니더라도 자유를 얻을 수 있으니까요. 그것도 무한한 자유를!"

그는 세 번째 잡힌 물고기를 배 위로 끌어 올렸다.

"조금 쌀쌀해지는데 돌아갈까요?"

"그래, 좋은 생각이야."

카딤은 낚싯대를 치우고 배낭에서 물병을 꺼내 길게 한 모금 들이켰다.

"저는 운이 좋았어요. 스페인 여권도 얻고 좋은 직업도 있고, 좋은 집에 살고 있잖아요. 작년에는 5년 만에 세네갈에 가서 가족과 친구들도 만나고 왔어요. 오랜 싸움 끝에 정부가 외국 기업에게 팔았던 조업권을 회수해서 다들 형편이 훨씬 나아졌어요. 말하자면 이제 고향으로 돌아갈 수 있게 된 셈이죠."

그는 잠깐 말을 끊었다.

"그래도 일단은 머물 생각이에요. 이곳에서의 새 삶도 나름 괜찮은데 굳이 바꿀 필요가 있나요?"

그는 만족스러운 미소를 지었다. 그러고는 시동을 켠 뒤 막 떠오른 달빛을 받으며 해변을 향해 보트를 조종했다.

돌아가는 길 내내 니클라스는 카딤의 사연을 곱씹으며 그것을 자신의 삶, 그리고 주변 친구들이나 지인들의 삶과 비교해봤다.

서구세계에 사는 사람들 중 대부분은 자신이 얼마나 수월한 삶을 살고 있는지 의식조차 못 한다. 그래서 끊임없이 아무것도 아닌 일로 불평을 늘어놓고, 정말 중요한 게 뭔지도 잊고 산다. 자신이 얼마나 행복한지 의식하고 감사할 줄 아는 사람들은 극소수에 불과하다.

묻에 거의 다다랐을 무렵에야 니클라스는 문득, 자신과 카딤이 같은 이유로 스페인에 왔음을 상기했다. 두 사람 다 갑작스레 일자리를 잃고 먼 곳에서 행복을 구하기 위해 고향을 떠났다. 다만 카딤이 난민 신분으로 온 데 반해 니클라스는 환영받는 손님으로 왔다. 한 사람의 앞에는 문이 활짝 열려 있었지만 다른 한 사람의 앞에는 높은 장막이 가로놓여 있었다. 같은 행성에 살면서도 두 사람이 누리는 권리와 자유의 정도는 천지 차이였다.

'언젠가는 조금 더 평등한 세상이 올까?'

묻에 발을 딛는 순간 니클라스는 자신을 향해 물었다. 안타깝게도 아직은 갈 길이 요원해 보였다. 그래도 누군가가 말하지 않았던가. 가장 마지막까지 살아남는 것은 희망이라고.

이 세상에 똑같은
씨앗은 하나도 없다

⚘

검붉은 피가 팔을 타고 흘러내렸다. 니클라스는 욕지기가 나서 고개를 돌린 채 푸드덕거리는 닭의 몸뚱이에서 경련이 멈추기만 기다렸다. 곤잘레스 씨가 막 날카로운 도끼로 닭의 목을 번개같이 쳐낸 참이었다. 그러나 죽은 닭의 몸에는 여전히 생명의 기운이 남아 있었다. 자신의 몸뚱이를 꽉 움켜쥐고 있는 농부의 굵직한 손아귀에서 빠져나가려 필사적으로 저항했지만 이미 돌이킬 수 없게 된 뒤였다. 몇 초가 지나자 닭의 고군분투도 끝이 났다. 인간의 승리였다. 닭의 몸뚱이에 남은 피가 땅바닥으로 뚝뚝 떨어졌다.

니클라스는 정원 호스를 들고 팔을 닦았다. 닭 잡는 광경을 바로 옆에서 지켜본 것은 처음이었다.

"동물을 죽이는 일도 습관이 되면 아무렇지 않나요?"

노인은 피가 완전히 빠지도록 축 늘어진 닭을 갈고리에 걸고 있었다.

"그렇기도 하고 아니기도 해. 나도 이따금 고기를 먹어야 하니 어쩔 수 없지. 그렇지만 나만 도살을 하는 건 아니잖은가. 슈퍼마켓에서 고기를 사는 사람도 결국은 동물을 죽이는 셈이니까. 자기 손이 아닌 지갑으로 죽인다는 점만 다를 뿐이지. 그럴 바에야 차라리 직접 죽이는 게 나아. 그편이 더 솔직하게 느껴지기도 하고, 어차피 나는 늘 그렇게 해왔거든."

노인은 죽은 닭을 바라봤다.

"그래도 썩 유쾌한 일은 아니야. 병아리 때부터 키우며 여러 해 동안 서로 먹을 것을 주고받은 사이니 말이네."

그는 깊은 눈빛으로 허공을 응시했다.

"내 가족이나 마찬가지인데."

당나귀가 커다랗게 히힝 소리를 내자 근처에서 개 두 마리가 덩달아 컹컹 짖었다.

"예전에는 최소한 한 달에 한 번은 도살을 했지만 별로 신경 쓰이지 않았어. 그런데 갈수록 이 일이 어렵게만 느껴지는군. 어린 동물을 도살하지 않게 된 지는 이미 오래라네. 어차피 늙어서 죽을 날이

머지않은 동물만 잡아. 그러면 불쌍한 동물도 고통받지 않고 나도 닭고기 수프를 먹을 수 있으니."

곤잘레스 씨는 황망한 웃음을 짓더니 갈고리에 걸었던 닭을 도로 빼내 뜨거운 물이 든 나무통에 2분쯤 담가두었다. 그런 다음 깃털을 뽑기 시작했다.

니클라스는 무화과나무로 다가가 그늘에 주저앉았다. 지금껏 그는 별다른 고민도, 양심의 가책도 없이 항상 육식을 해왔다. 그의 주변 사람들도 모두 거의 날마다 죽은 동물을 먹는 걸 지극히 당연한 일로 여겼다. 그러나 그들 중 동물을 직접 도살해본 사람은 아무도 없을 것이다. 레스토랑에서 육즙이 흐르는 스테이크를 주문하거나 슈퍼마켓에서 보기 좋게 포장된 소시지와 닭가슴살을 구입하는 것이 고작이다. 그런 것들로부터 살아있는 동물을 연상하는 사람은 거의 없다.

그러나 곤잘레스 씨의 말은 전적으로 옳았다. 포장된 고기 한 점에도 가해자와 희생자의 관계가 성립된다. 비교적 젊은 나이지만 니클라스가 그간 먹어치운 닭과 양, 소만 해도 적잖았다. 스스로 도축을 한 적은 없어도 대량 도축에 간접적으로 관여해온 셈이다. 그렇다고 당장 채식주의 선언을 할 것까지는 없지만, 죄 없는 작은 암탉이 죽는 걸 목격하고 나니 생각이 많아지는 건 사실이었다. 내 손에 피를 묻히지 않아도 된다는 이유로 우리는 날마다 얼마나 쉽게 생명을 죽이고 있는가.

결백하던 그의 양심에 의지와는 상관없이 별안간 검은 얼룩이 지고 있었다. 죽은 암탉이 비교적 행복한 삶을 누렸음에도 그랬다. 대량으로 사육되는 동물들은 떠올리고 싶지도 않았다. 가축공장의 열악한 환경에 관한 충격적인 보도는 텔레비전과 인터넷에서 이미 수차례 보고 들었지만, 그것이 행동에 변화를 가져다준 적은 한 번도 없었다. 아마도 화면에 비친 장면이 너무나 먼 곳의 일로만 느껴져, 전쟁이나 기아, 빈곤을 보여주는 장면과 마찬가지로 많은 사람들의 뇌리에서 금세 잊히는 것인지 모른다.

시원한 그늘에 앉아 메마른 흙바닥을 응시하며 니클라스는 앞으로 육식을 줄이기로 다짐했다. 더불어 육류가 대규모 공장에서 가공됐는지, 소규모 농가에서 생산됐는지 주의를 기울이기로 했다. 그런다고 양심의 가책이 완전히 사라지지는 않겠지만, 적어도 올바른 방향으로 첫걸음을 내디딘 기분이었다.

휘파람 소리에 니클라스는 고개를 들었다. 곤잘레스 씨가 정원 맞은편 가장자리에서 손짓하고 있었다.

"이제 뭘 할까요?"

노인에게 다가간 니클라스가 물었다.

"일 없네. 그냥 뭘 좀 보여주려고. 따라오게나!"

두 사람은 집을 빙 돌아 판자로 만든 조그마한 오두막 앞에서 발걸음을 멈췄다. 오랫동안 사용하지 않은 연장창고쯤으로 보였다.

"죽음은 이미 목격했으니 이제 그 반대의 것을 보여주지."

곤잘레스 씨가 운을 떼더니 낡은 나무 오두막을 자랑스럽게 가리켰다.

"생명으로 가득 찬 보물창고라네!"

그는 녹슨 빗장을 밀고 문을 연 뒤 안으로 들어갔다. 니클라스도 흥미진진한 기분으로 뒤따랐다. 벽에 뚫린 몇 개의 구멍으로 약간의 빛이 새어들기는 했지만 사물을 분간하기에는 충분치 못했다. 곤잘레스 씨가 천장에 매달린 전등을 켜자 비로소 주위가 밝아졌다. 니클라스는 이곳저곳을 둘러봤지만 딱히 보물이라고 할 만한 것은 보이지 않았다. 사방 벽을 빙 둘러가며 세워진 선반장에는 잡동사니가 칸칸이 채워져 있었다. 신발상자, 담배상자, 뭔가를 채운 유리병도 있었다. 그는 영문을 모르겠다는 눈초리로 노인을 바라봤다.

곤잘레스 씨는 엷은 웃음을 지으며 작은 나무상자를 내밀었다. 니클라스는 뚜껑을 열고는 안을 가득 채운 아주 작은 알갱이를 들여다봤다. 그러고 이곳이 어디인지 퍼뜩 깨달았다.

"씨앗이네요! 여기가 영감님의 씨앗은행이군요!"

"바로 그거야. 농부에게는 최고로 귀중한 재산이지."

대답하는 노인의 눈이 반짝였다.

호기심에 찬 니클라스는 몇몇 상자와 뚜껑 달린 유리병들을 더 열어보며 헤아릴 수 없이 많은 농부의 수집품에 감탄했다. 씨앗들은 크기와 모양은 물론 색깔도 천차만별이었다. 진주같이 생긴 씨앗, 뾰족한 톱니 모양의 씨앗도 있었으며 바늘 끝보다 훨씬 작은 씨앗, 알사탕만 한 씨앗도 보였다.

"이걸 전부 심으시는 건가요?"

니클라스가 놀라움에 사로잡혀 물었다.

"하나씩 하나씩 심고 있지. 씨를 살리려면 삼사 년에 한 번씩만 뿌려줘야 해. 이 보물의 특별한 점도 바로 그거네. 주기적으로 휴지기를 둬야만 이 보물을 계속해서 소유할 수 있다는 점."

곤잘레스 씨는 갈색 상자를 집어 들어 두껍게 쌓인 먼지를 털어내고는 뚜껑을 열어젖혔다. 상자 안에는 길쭉한 양철통이 들어 있었다.

"이 녀석은 올여름이 끝나면 심을 예정이야."

그는 양철통을 열어 하얀 씨앗을 한 움큼 쥐었다가 손가락 사이로 주르르 흘렸다.

"이놈들은 호박씨야. 보통 호박이 아니라 내 조부 때부터 심어온 호박이지. 조부 역시 이 호박씨를 당신의 조부로부터 물려받으셨다고 해. 우리 가족은 이렇게 대대로 씨앗을 물려줬어. 우리 조상들에게 식량을 제공한 이 씨앗들이 지금은 내게 먹을 것을 주는 셈이야."

그는 잠시 뜸을 들였다.

"내 과거와 미래를 이어주는 다리라고 할 수 있지."

니클라스는 선반 위에 있는 다른 유리병을 가리켰다.

"이건 뭔가요?"

"작년에 거둔 브로콜리 씨앗이야."

"이 작은 씨앗에서 그렇게 커다란 식물이 자란다고요?"

니클라스는 감탄을 금치 못했다. 노인은 자신에 찬 표정으로 고개를 끄덕였다.

"상상이나 가는가!"

니클라스는 문득 할머니를 떠올렸다. 그가 어렸을 때 할머니는 이따금 완두콩이나 해바라기씨 등을 보여주며, 씨앗 하나가 만들어내는 기적에 관해 겸허하면서도 열정적으로 이야기하곤 했다. 그때만 해도 할머니가 무엇을 가지고 그리 감탄하는 것인지 납득하지 못했지만, 이제는 그 의미를 어렴풋이 알 것 같았다.

"예전에는 농부라면 다 이런 보물창고를 갖고 있었어. 그런데 요즘은 씨앗 관리를 제대로 하는 사람이 거의 없다네. 내 이웃들도 모두 도매상에게서 씨앗을 구입하는데, 그런 씨앗 중 대다수는 유전자 조작이 너무 심해서 번식 능력이 없어. 식물들이 죽은 씨앗만 생산하는 게지. 그렇다 보니 지난해에 거둔 씨앗을 쓸 수 없어서 매년 씨앗을 새로 구해야 해."

그는 모르겠다는 듯 고개를 절레절레 흔들었다.

"낭비도 그런 낭비가 없어!"

니클라스 역시 동의할 수밖에 없었다. 농부의 입장에서 볼 때 전혀 합리적이지 못한 일이었다. 물론 일회용 씨앗을 생산하는 업체에는 그보다 좋은 사업 모델이 없을 테지만. 일단 새로운 고객을 확보하기만 하면 고객은 업체에 계속 의존하게 되므로 지속적인 수입이 보장된 것이나 다름없었다. 그가 일했던 은행에서도 이런 업체라면 쌍수를 들고 환영했을 것이다.

"진짜 큰 문제는, 그렇게 해서 잃는 게 돈이 아니라 품종의 다양성이라는 점이야."

곤잘레스 씨가 서글픈 목소리로 말했다.

"50년 전만 해도 농부들은 각자 여러 가지 토마토를 재배했어. 시장의 풍경이 얼마나 다채로웠을지 한번 상상해보게! 요즘 슈퍼마켓에는 세 종류나 있으면 다행이야. 방울토마토, 보통 토마토, 큰 토마토. 그나마도 맛있는 놈은 하나도 없다고!"

두 사람은 웃음을 터뜨렸지만, 씁쓸한 웃음이었다.

니클라스는 묘한 생각에 사로잡혔다. 다품종의 종말이 마치 사회적 변화를 상징하는 것처럼 느껴졌다. 예전이나 지금이나 우리 사회에는 개성 있는 사람들이 여전히 존재하지만, 포괄적인 무리의 측면에서는 더 이상 다양성을 찾을 수 없다는 사실이 분명히 드러나고 있었다. 식물들이 비슷해질수록 그것을 먹는 사람들도 점점 비슷해지고 있는 것이다. 생기 넘치는 다채로움은 이제 지루하고 단조로운 문화로 대체되고 있었다.

곤잘레스 씨는 깊은숨을 들이쉬고는 어쩔 수 없다는 듯 어깨만 으쓱했다. 손에는 여전히 조상 대대로 전해 내려온 호박씨가 든 통이 들려 있었다. 그는 다시 한 번 호박씨를 손가락 사이로 주르르 흘리고는 속삭이듯 말했다.

"이 낱알 하나하나에는 새로운 시작이 담겨 있지. 이처럼 작디작은 존재라도 그 안에는 에너지가 잠재돼 있어. 새로운 생명으로 탄생하기를 기다리며 잠자는 영혼이 깃들어 있는 게지."

두 사람은 마지막 씨앗 한 개가 노인의 손에서 통 안으로 떨어지는 것을 지켜봤다.

"똑같은 씨앗은 하나도 없지만 모두 훌륭한 생명으로 자라날 잠재력을 가졌다네. 우리가 할 일은 씨앗 하나하나에게 기회를 주는 것뿐이야."

말을 마친 노인은 뚜껑을 조심스럽게 닫아 선반 위에 통을 올려놓은 뒤 전등 스위치를 내렸다.

며칠 뒤, 두 사람은 여느 때처럼 땀 흘려 일하고 나서 출입구 옆에 접이의자 두 개를 펴놓고 쉬고 있었다. 이른 오후까지 쉬지 않고 물을 주고, 잡초를 뽑고, 수확을 한 참이었다. 이제 시원한 맥주를 마시며 꿀맛 같은 휴식을 즐길 차례였다.

"영감님은 술을 별로 안 드시죠?"

곤잘레스 씨를 알게 된 지 두 달이 넘었지만 지금껏 맥주 한 병, 포도주 한 잔도 마시는 모습을 본 적이 없었다.

"그래. 무더운 여름에만 이따금 마시지. 다행히도 나는 술 앞에 약해지는 사람이 아니라네. 그렇지 않았으면 지금처럼 건강하지 못했을지도 몰라."

"비스킷이나 초콜릿 같은 것도 안 좋아하시는 것 같던데요."

"천만에. 비스킷은 좋아해! 다만 낮에는 안 먹고 저녁 식사 때나 먹는다네."

"저녁 식사 때 비스킷을 드신다고요? 후식으로 드시는 거겠죠?"

"아니, 후식을 말하는 게 아니야. 저녁으로 비스킷 몇 개만 먹어.

늘 그렇게 해왔어."

"별로 건강한 식습관은 아닌 것 같네요."

"그건 그래. 하지만 잠자리에 들기 전에 소화도 안 되는 음식으로 위장을 채우는 것보다는 훨씬 덜 해롭지. 내 어머니께 배운 거야. 어머니는 늘 '밤에 푹 쉬고 싶으면 네 몸이 다른 일을 하느라 바빠지지 않게 신경 써야 해'라고 말씀하셨거든. 위장이 음식으로 가득 차면 소화하느라 바빠서 몸이 어떻게 잠자는 데 집중할 수 있겠나?"

그는 맥주를 한 모금 마셨다. 니클라스는 약간 당황한 표정으로 그를 바라봤다.

"그러면 저녁에 허기가 들지 않나요?"

"별로 그렇지는 않아. 낮 동안 채소가 많이 든 음식을 두 끼에 나눠 먹는데, 그러면 충분해. 게다가 이튿날 아침에 찌뿌둥하게 눈을 뜨는 것보다는 저녁에 배고픔을 조금 참는 편이 나아."

니클라스는 여전히 회의적인 표정이었다.

"그냥 내 생각이야. 자네도 한번 해보게. 무슨 말인지 알게 될 테니. 그저 내 경험에 관해 얘기하는 것뿐이야. 어찌 됐건 나는 일흔여덟 해 동안 효과를 봤거든."

니클라스에게는 거의 80년 동안 저녁 식사로 비스킷만 먹었다는 이야기가 무척이나 인상적이었다. 노인이 그를 놀라게 만든 것은 벌써 여러 차례였다. 그냥 놀라는 데서 그치는 것도 아니었다. 전직 은행원으로 지금껏 좁은 시야를 가지고 살아온 그는 이곳을 찾을 때마다 새로운 뭔가에 맞닥뜨렸다.

두 사람은 한동안 침묵한 채 주변에서 들리는 소리에 귀를 기울였다. 들판을 어루만지고 지나가는 잔잔한 바람 소리, 이웃 사유지에서 돌아다니는 오리들의 울음소리, 멀리서 질주하는 자동차 소리도 들려왔다. 쉬지 않고 노래하는 매미 소리도 곁들여졌다. 남국의 전형적인 소리들이었다.

"영감님은 여행을 많이 다니셨나요?"

곤잘레스 씨는 모자를 벗고는 뒷머리를 긁었다.

"어디 보자…… 군 복무를 할 때는 론다 부근에 배치됐다가 나중에 말라가로 옮겼어. 내 형님은 히메나 데 라 프론테라(Jimena de la Frontera)에 사셨는데, 돌아가시기 전까지 최소한 일 년에 두 번은 형님댁에 들렀지. 그 뒤로는 이따금 라리네아와 산로케에 다녀왔네."

"전부 다 이 근방이잖아요. 외국 여행을 가본 적은 없나요?"

노인은 길 건너편에 서 있는 커다란 유칼립투스 나무를 올려다봤다.

"다른 나라라고? 아니. 나는 늘 이곳에서 지냈어."

"스페인 국내는요? 바르셀로나라든가, 마드리드에도 가본 적이 없으세요?"

"맙소사!"

곤잘레스 씨는 탄식을 내뱉었다. 상상하는 것만으로도 끔찍하다
는 표정이었다.

"그런 곳에 가서 뭘 하는가? 일없네. 그런 대도시는 나하고 전혀
맞지 않아. 사람들에게 깔려 죽을 일 있나?"

니클라스는 웃음을 참지 못하고 킬킬댔다.

"그러면 이곳에서 백 킬로미터 이상 떨어진 곳에는 가본 적도 없
다는 말씀이에요?"

곤잘레스 씨는 자신이 가 봤던 곳들을 곰곰이 되짚으며 각 지역
의 거리를 중얼중얼 읊었다.

"30…… 60…… 80……."

잠시 뜸을 들이던 그가 마침내 대답했다.

"그래, 백 킬로미터 이상은 가본 적이 없군."

니클라스는 황당하다는 듯 노인을 바라봤다. 독일의 지인 중에는
매달 비행기로 유럽의 다른 도시에 다녀오는 사람도 있었다. 친구 중
에도 지구를 반 바퀴는 돌아본 이들이 다수였고, 니클라스 역시 먼
곳으로 여행을 떠나고 싶은 충동이 주기적으로 들곤 했다.

"다른 나라라든지, 최소한 다른 지역을 구경해보고 싶은 마음이

한 번도 들지 않던가요?"

노인은 고개를 저었다.

"나는 에스테포나에서 지내는 게 늘 행복했어."

"그러면 비행기를 타보신 적도 없겠네요?"

"어이구, 없지. 돈 주고 타라고 해도 안 탈 거야. 쇠로 만든 통 안에 들어가서 하늘을 날아다니라니, 내가 미쳤나!"

"그래도 배는 타보셨겠죠?"

"그래. 하지만 이곳 해안 부근에서 작은 배를 타본 게 전부야."

그는 잠깐 말을 끊고는 발아래로 시선을 떨어뜨렸다.

"나는 흙에서 자란 사람이야. 늘 발밑에 단단한 땅이 있어야 마음이 편해."

낯선 나라, 낯선 문화를 단 한 번도 경험하지 않고 산다는 걸 좀처럼 상상할 수 없었던 니클라스였다. 하기야 지금 사는 곳에서 완전한 행복을 누린다면 굳이 다른 곳에 갈 이유는 또 뭐란 말인가?

"게다가 내가 오랫동안 집을 비우면 밭은 누가 돌보나? 난 그저 이곳, 내 땅에 있어야 해."

곤잘레스 씨는 자리에서 일어나 집으로 가더니 금세 물 한 잔과 새 맥주 한 병을 들고 돌아왔다. 맥주는 니클라스에게 건넨 뒤 노인은 물이 든 컵을 들고 다시 접이의자에 앉았다.

"저것 보세요."

니클라스가 하늘을 가리켰다. 머리 위로 독수리 한 마리가 날고 있었다. 두 사람은 우아한 날갯짓에서 시선을 떼지 못한 채 한동안 말이 없었다.

"그래, 내가 새라면 하늘이 내 집이겠지. 그때 가장 큰 장점은 아마도 자유롭다는 점일 거야. 하늘은 경계가 없는 유일한 장소니까."

곤잘레스 씨는 꿈꾸듯 말하고는 시선을 내려 주변을 둘러봤다.

"저걸 봐. 철창과 울타리가 얼마나 많은가. 세상 어디를 가나 마찬가지겠지. 곳곳에 담장과 경계가 있고, 사람들은 그 너머에 사는 악당들이 자기 걸 탈취하려 든다고 여기며 다툼을 벌여. 말도 안 되는 일이야. 실제로는 있지도 않은 경계선을 방어하고 있는 게지."

노인은 다시금 고개를 절레절레 저었다.

"이곳에서 50킬로미터도 안 되는 곳에 지브롤터가 있잖나. 고작 절벽 하나뿐인 곳에 국가를 세우다니. 도대체 뭣 때문에?"

이유를 알 수 없기는 니클라스도 마찬가지였다. 그저 절벽일 뿐인데 어째서 그 입구를 인위적인 경계선으로 막아버렸을까? 곤잘레스 씨다운 이 물음은 세상에 관해 고찰하기 위해서 굳이 먼 길을 떠날 필요가 없음을 잘 보여줬다. 나이 든 농부일 뿐인 그는 고향을 떠난 적이 없었음에도 수많은 여행자조차 얻지 못한 것, 다시 말해 인생과 세상을 열린 눈으로 바라보는 능력을 갖추고 있었다.

"곳곳에서 갈등과 분열이 너무나 많이 일어나고 있어. 그중에서도 최악은 인간과 자연 사이의 결속이 상실되고 있다는 거야. 병들고 불행한 사람들이 그토록 많아진 이유도 이 때문일 거야. 자연과의 결속을 잃은 사람은 광기에 빠지기 마련이거든!"

곤잘레스 씨는 두려움에 사로잡힌 표정으로 니클라스를 응시했다. 그러나 정원 쪽으로 시선을 돌리자 그의 얼굴에 서렸던 근심스러운 주름은 순식간에 걷혔다.

"신선한 시골의 공기를 들이마실 때, 내 손가락이 식물의 뿌리처럼 흙 속으로 파고들 때면 세상 만물과 맺어져 있다는 느낌이 든다네. 그러면 분열은 사라지고 내 주위의 모든 것은 단 하나의 생명체의 일부가 되지."

곤잘레스 씨만이 지을 수 있는 환한 미소가 번졌다.

"나 역시 만물의 일부이기 때문에 무엇이든 보살필 수 있어. 그중에서도 가장 중요한 흙을 말이야. 흙은 우리의 집이라네."

인간의 욕망은
통제 가능할까

6월 둘째 주의 무더운 수요일 아침, 동거인들은 테라스에 모여다 함께 아침 식사를 했다. 식사를 마친 카딤이 세네갈의 가족에게 돈을 보내기 위해 시내로 나가고, 남은 세 사람은 짙은 빨간색 차양이 드리우는 그늘에 한참을 앉아 있었다.

에바는 작은 벤치 위로 자리를 옮기고 손톱에 매니큐어를 바르기 시작했다. 짧은 하얀색 원피스 차림에 머리칼은 능숙한 솜씨로 틀어올려 나무막대로 고정했다. 얼굴 위로 흘러내린 검은 머리칼 몇 올이 그녀의 왼쪽 어깨 언저리를 부드럽게 어루만지고 있었다. 니클라스와 페드로는 맞은편 탁자 앞에 앉아 커피를 마셨다. 두 사람의 시선이 자꾸만, 가까이 있으면서도 너무나 멀게만 느껴지는 헝가리 미인에게 머물렀다.

에바에게 그토록 공을 들였음에도 돌아온 건 친근한 미소가 전부였다. 남자들은 거듭해서 소소한 아부와 친절을 베풀었지만, 에바는 그들의 구애를 품위 있게 물리쳤다. 싱글로서의 행복한 삶에 굳이 변화를 줄 필요성을 느끼지 않는 모양이었다.

이웃집 테라스에 놓인 라디오에서 아침 뉴스가 흘러나오고 있었다. 흔히 그렇듯 첫 보도 내용은 몇몇 정치인들의 최근 스캔들에 관한 것이었고, 이어서 끝날 줄 모르는 중동의 분쟁에 관한 보도가 나왔다.

"저 동네는 언제쯤이나 조용해질까요?"

니클라스가 혀를 차며 말했다.

"테러와의 전쟁이라는 신화가 우리에게 주입되는 한은 끝나지 않겠지. 무엇보다도 우리가 그 신화를 믿고 있는 한."

페드로가 대답했다.

"신화라뇨? 테러가 점점 늘고 있는 건 사실이잖아요."

"그렇긴 하지만, 테러가 일어나는 이유가 뭐겠어? 한 편은 선하고 다른 한 편은 악해서?"

페드로는 이마를 찌푸렸다.

"아니야. 그건 상황을 지나치게 단순화시키는 거야. 안타깝게도 테러는 결과에 지나지 않아. 원인은 다른 데 있고."

"원인이 뭔데요?"

"그건 복잡한 문제야."

페드로는 한숨을 쉬었다.

"다른 대부분의 갈등과 마찬가지로 이 문제의 중심에도 천연자원이 있지."

니클라스는 미심쩍은 눈초리로 그를 쳐다봤다.

"지구상에서는 날마다 9천만 배럴의 석유가 소비되고 있어. 날마다 말이야! 그게 얼마만큼의 양인지 상상이 가?"

"아주 많은 양이겠죠."

"그 절반을 유럽과 북미가 소비하고 있어. 그런데 유럽은 석유 생산량이 거의 없고 미국도 적어. 사우디아라비아와 캐나다를 제외하면 이라크, 이란, 리비아, 베네수엘라, 러시아 같은 나라에 매장량이 가장 많지. 그런데 서구에서 악의 축으로 규정돼 공격받는 나라들도 바로 이들이야. 이게 정말 우연일까?"

니클라스는 뭐라고 답해야 할지 몰라 그를 멍하니 보고만 있었다. 페드로의 말대로 우연같이 보이지는 않았다. 니클라스는 어깨를 으쓱했다.

"중동 전체가 거대한 분쟁의 가마솥이 된 이유는 지구의 절반이 그곳에 매장된 보물을 차지하려고 무자비한 권력 싸움을 벌이는 탓이야. 누가 봐도 명백한 사실이지."

페드로는 커피를 한 모금 마셨다. 이따금 꽤 똑똑해 보이는 사내라고 니클라스는 생각했다. 물론 태양광 패널을 설치하는 일이 직업이니 천연자원과 관련된 주제를 보통 사람들보다 많이 다루기는 했을 것이다. 어쨌거나 그의 말은 매우 그럴듯하게 들렸다.

"석유가 없었다면 자동차나 비행기, 컴퓨터, 휴대전화, 그 밖에 플라스틱으로 만들어진 것은 아무것도 없었겠지. 냉장고, 세제, 심지어는 의약품도 거의 없었을 테고. 한 마디로 우리가 익숙하게 사용하는 것, 생활을 편리하게 해주는 모든 것이 석유 없이는 존재할 수 없어."

페드로는 심각한 표정으로 동거인을 바라보았다.

"그 검은 금이 편리한 삶의 동력원인데 그쪽 동네에 어떻게 평화가 찾아올 수 있겠어?"

니클라스는 또다시 어깨만 으쓱했다.

"매일 9천만 배럴 이상이라니. 우린 완전히 중독된 거나 다름없어! 마약을 구하기 위해서라면 무슨 짓이든 하는 아편쟁이 같다니까."

"너무 과장된 비유 아닌가요?"

"그럴지도 모르지. 하지만 사실이 그런걸. 석유 없이는 못 사니 전쟁도 불사하는 거라고. 예를 들어 농업을 봐. 들판에서 트랙터를 몰려면 휘발유가 필요하잖아. 농약이나 화학비료를 생산하는 데, 수확한 작물을 운송하는 데도 많은 석유가 필요하고. 현대 농업의 대부분이 이런 방식으로 이루어져. 우린 이제 식량을 얻는 데도 석유에 의존하게 된 거야!"

"곤잘레스 씨 같은 사람이 주변에 없는 한 말이죠."

"그래. 그 영감님은 트랙터도 인공비료도 안 쓰니까. 게다가 채소를 사러 갈 때도 걸어갈 수 있잖나. 만약 석유가 고갈된다면 그 영감님은 별안간 귀인이 되는 거지."

두 사람의 대화가 잠시 끊겼다. 이웃의 라디오는 화물차 운전자들이 전국에서 파업을 벌였다는 소식을 전하고 있었다. 얼마 안 가스페인 사람들 모두에게 심각한 타격을 입히게 될 뉴스거리였다. 그러나 그때까지는 앞으로 어떤 일이 일어날지 아무도 예상 못 하고 있었다. 니클라스와 페드로 역시 대화에 열중한 나머지 아나운서의 말에 딱히 주의를 기울이지 않았다.

"우리는 곤잘레스 씨 같은 농부를 지원하는 게 아니라 대규모 업체의 배를 불려주고 있어. 자네는 은행원이었으니 대기업이 성장만 중요시한다는 사실도 알 것 아닌가!"

니클라스는 고개를 끄덕였다. 실제로 경제 시스템 전체는 끊임없는 성장에 기반을 두고 있었다. 이익 증대가 예상되지 않는 한 기업체에게 돈을 빌려줄 은행은 없을 것이다.

"문제는 말이지, 소규모 지역 사업체나 개별 농부보다 대기업이 훨씬 막강한 힘을 지녔다는 거야. 대량생산을 하고, 엄청난 광고를 해대고 정치적 영향력까지 행사할 돈을 쥐고 있는 것도 덩치 큰 놈들이거든. 소비자들은 대기업이 얼마나 탐욕스럽고 무분별하게 이익을 추구하는지 알지 못해. 스스로도 소유욕에 사로잡혀서 그럴듯해 보이는 제품의 싼 가격만 눈에 들어오거든. 그런데 그 멋진 물건들의 품질은 점점 형편없어지고 있다고. 계획적 진부화라는 말을 들어본 적 있나?"

니클라스는 모른다는 눈빛을 보냈다.

"일부러 한정된 기간에만 제대로 기능하도록 제품들을 조작한다는 의미. 프린터가 그 전형적인 사례지만 휴대전화나 자동차, 옷가지도 다 마찬가지야. 기술적으로는 얼마든지 견고하게 만들 수 있지만, 그러면 당연히 사람들이 소비를 덜 할 것 아닌가. 휴대전화가 10년을 간다면 뭣 하러 2년마다 바꾸겠나. 말하자면 꾸준히 이익을 내려고 재생 불가능한 자원을 불필요하게 대량으로 낭비하고 있는 거야."

또다시 말이 끊겼다. 그러자 에바가 불쑥 입을 열었다.

"우리 할머니가 예전에 가구를 살 때 어떻게 하셨는지 알아요?"

두 남자는 호기심 어린 눈빛으로 그녀를 돌아봤다.

"선반이 필요하면 목수를 찾아가서 물건들을 둘러보고는 마음에 드는 걸 골라 2층 창문으로 내던지셨대요. 떨어뜨려서 망가지지 않아야만 사셨죠. 평생 쓸 물건이니까."

"정말 현명하신 분이었군."

페드로가 감탄한 듯 말했다.

에바는 매니큐어가 발린 손톱을 후후 불더니, 자리에서 일어나 자기 물건을 챙기고 외출하기 위해 두 남자에게 인사를 건넸다. 니클라스와 페드로도 일어나 식탁을 치웠다. 주방으로 가는 길에 스페인 사내는 다시금 니클라스를 향해 말했다.

"우리가 천연자원에 계속 의존하는 한 그걸 둘러싼 싸움도 멈추지 않을 거야. 대기업의 실질적이고도 유일한 약점은 소비자인 우리뿐이거든. 우리가 그들의 기만에 더 이상 놀아나지 않으면 그들도 불가피하게 전략을 수정해야 할 테지. 천연자원을 둘러싼 전쟁이 지속되고 환경오염까지 일으키는 상황을 이대로 내버려 둘 것이냐, 아니면 그 악순환에서 빠져나와 지속가능하고 평화로운 삶을 살아갈 것이냐는 결국 개개인이 소비행동을 통해 결정하게 되지. 두 가지 가능성은 모두 열려 있어."

니클라스는 곤잘레스 씨의 밭에서 감자 수확을 도우며 남은 하루를 보냈다. 이튿날에도 오후까지 귀한 감자를 캐느라 분주했다. 수백 킬로그램이나 되는 감자를 손수레에 담아 밭에서 작은 집으로 나른 뒤, 나무상자에 감자를 채워 창고에 가져다 두었다. 고된 노동이었지만 밭에서 일하고 나면 늘 그렇듯 기분만은 상쾌하기 그지없었다.

일을 마친 뒤에는 접이의자를 펴고 앉아 차가운 맥주를 즐겼다. 술을 막 비웠을 때 자동차 한 대가 나타났다. 성가신 그 공무원이었다. 그는 우편봉투 하나를 들고 거만한 걸음걸이로 성큼성큼 다가왔다.

"안녕하신가."

곤잘레스 씨는 조심스러운 미소와 함께 인사를 건넸다.

남자는 이제 인사 따위는 생략해버리기로 한 모양이었다.

"벌금을 아직 안 내셨습니다만."

"알고 있네. 당장은 그럴 돈이 없구먼. 감자를 조금 팔면 다음 주쯤 낼 수 있을지도 몰라."

남자는 짜증스러운 표정으로 노인을 쳐다봤다.

"지금 이게 어떤 상황인지 이해가 안 가시는 모양인데."

"아니야. 이해하고말고."

노인은 차분한 목소리로 대답했다.

"이곳에 숙박시설과 골프장을 지으려는 것 아닌가. 그러기 위해 내 땅이 필요한 게고."

별안간 침묵이 흘렀다. 두 안달루시아 남자는 말 없이 서로를 마주 봤다. 그 말이 사실임을 양쪽 모두 알고 있다는 눈빛이었다. 니클라스는 접이의자에 앉은 채 상황을 주시하며 남자가 어떤 반응을 보일지 흥미진진하게 기다렸다.

"멋대로 생각하십시오."

마침내 남자가 입을 열었다.

"어쨌거나 핵심은 이곳에서 불법으로 채소를 판매했다는 사실이니까. 이미 여러 차례 경고했고 첫 번째 규칙 위반 통지서도 이미 발송했고요. 자, 여기 두 번째 통지서입니다."

그는 우편봉투를 곤잘레스 씨에게 건넸다.

"상황을 심각하게 받아들이시는 게 좋을 겁니다. 유치한 놀음은 그만두고 이성적으로 판단하십시오. 그래 봐야 얻는 것도 없으니."

말을 마친 그는 휙 돌아서서 차를 몰고 떠나버렸다.

"유치한 놀음은 그만두라니. 누가 놀음을 한다는 건가."

곤잘레스 씨는 자동차가 일으킨 흙먼지를 응시하며 중얼거렸다.

"맥주 더 드실래요?"

"그러지. 오늘은 더 마셔야 할 것 같구먼."

니클라스는 집 안으로 들어가 잽싸게 맥주를 가지고 돌아왔다.

"판매를 합법적으로 하는 방법이 없을까요?"

"사실상 없어. 일단 허가를 신청하고 여기저기에서 날인을 받아야 하는데 그러려면 비용이 많이 들거든. 이 땅의 크기를 고려하면 터무니없는 액수지. 게다가 허가는 어차피 나지 않을 거야."

"규정에 맞게 서류만 제출하면 문제 생길 것도 없잖아요."

"독일에서는 모든 일이 원칙대로 처리되는지 모르지만 여기는 독일이 아니잖은가. 안달루시아에서는 모든 게 다르게 돌아가. 합법적으로 채소를 팔겠다고 골백번 허가 신청을 해도 소용없을걸세."

두 사람은 한동안 말을 잃은 채 맥주만 들이켰다. 어느덧 태양은 커다란 유칼립투스 나무 뒤편으로 사라지고 짙은 그늘이 두 사람을 뒤덮고 있었다. 니클라스는 이 문제를 해결할 방법이 없는지 머리가 아프도록 고민했다. 그러나 아무리 고민해도 나오는 대답은 단 한 가지뿐이었다.

"그냥 땅을 파시는 게 낫지 않을까요?"

곤잘레스 씨는 천천히 고개를 끄덕였다.

"다른 장소를 찾아보면 되잖아요. 해변 쪽에 조금 더 작은 땅을 구하거나, 내륙으로 더 들어가서 약간 큰 땅을 구하는 방법도 있고요. 싸워서 어차피 득 될 게 없다면 포기하는 편이 낫다 싶어요."

"나도 오래전부터 그런 생각을 해봤어. 아주 오래전부터, 아주 구체적으로 말이야. 그런데 아무리 생각해도 안 되겠더구먼. 나는 팔십 평생을 이곳에서 살았어. 이곳에서 태어났고, 날마다 내 발밑에 있는 흙을 밟았지. 여기 서 있는 나무들이 이만큼 자라도록 보살폈고, 돌멩이 하나하나까지 내 손길이 닿지 않은 곳이 없네."

노인의 목소리와 표정에는 자부심과 겸허의 빛이 동시에 감돌았다.

"안 돼. 이 땅과 나는 하나거든."

그는 천천히 주위를 둘러봤다. 자부심과 겸허함은 사라지고 근심 어린 주름이 그 자리를 대신했다.

"괜찮으세요?"

니클라스는 그의 눈치를 보며 물었다. 그러나 멍청한 질문을 던진 걸 바로 후회했다. 괜찮을 리가 없지 않은가!

곤잘레스 씨는 슬픈 눈빛으로 허공을 응시했다.

"가끔 두려워질 때도 있어. 모든 걸 잃을지 모른다는 생각에. 이 땅은 내 유일한 재산이자 내가 잘 아는 유일한 것이기도 하네. 저 사람들이 이걸 빼앗아버리면 난 어디로 가야 한단 말인가?"

어떻게든 돕고 싶었지만 니클라스는 방법을 몰랐다. 상황은 암울해 보였다. 부패한 정부기관이 권력을 총동원해 그를 쫓아내려 하고 있지만, 노인은 자신의 땅과 이곳에서의 삶에 너무나 깊게 뿌리를 내린 뒤였다. 지금 와서 그 뿌리를 뽑아버리는 건 그에게 종말을 선고하는 일이나 다름없었다.

"죽는 건 사실 전혀 두렵지 않네. 다만 그 죽음을 낯선 곳에서 맞을지 모른다는 생각이 끔찍할 뿐이야."

곤잘레스 씨가 젊은 독일인 친구의 마음을 읽었다는 듯 말했다. 니클라스는 등줄기가 서늘해지는 것 같았다.

"그럼 이제 어떻게 하실 작정이세요? 고발당하고 골프장으로부터 위협당하는 일을 어떻게 다 감당하시려고요?"

"난들 방법이 있겠나? 내일도 늘 해왔던 것처럼 동물들과 밭을 돌볼 거야. 두려워하든 않든 삶은 계속되니까. 어떻게 될지는 두고 보면 알겠지."

이른 저녁 니클라스가 갓 캐낸 신선한 감자를 커다란 봉투에 가득 담아 들고 돌아왔을 때 집 안에서 누군가 허둥대는 발소리가 울렸다. 열쇠를 현관문에 막 꽂으려는 찰나, 문이 벌컥 열리며 페드로가 튀어나왔다. 겨드랑이 밑에는 장바구니를 끼고 있었다.

"어디를 그리 바삐 가세요?"

니클라스가 퉁명스레 물었다.

"대답은 나중에 듣고 일단 따라와!"

"어딜 가는데요?"

"슈퍼마켓에."

"지금요?"

"그래, 당장!"

"왜요?"

"화물차 운전사들이 파업을 벌였잖아."

"뭐라고요?"

"빨리 오라니까. 가면서 말해주겠네."

페드로는 니클라스의 감자 봉투를 빼앗아 복도에 들여놓더니 문을 쾅 닫았다. 그러고는 빠른 걸음으로 안마당을 지나 도로 쪽으로 걸어갔다. 니클라스는 혼란에 빠진 채 종종걸음으로 뒤따랐다. 마음 같아서는 동거인을 그냥 무시해버리고 싶었다. 장을 보러 갈 마음이 전혀 들지 않았다. 게다가 이렇게 서두르는 이유는 또 뭐람? 그러나 페드로는 좀처럼 보기 힘든 심각한 표정으로 재촉해댔다. 이유는 모르지만 따라가야 할 분위기였다.

채 1분이 지나지 않아 두 사람은 자동차에 앉아 있었다. 차를 출발시킨 페드로는 비로소 전후 상황을 설명하기 시작했다.

"사흘 전부터 스페인 전역에서 화물차 노동자들이 파업을 벌이고 있어. 처음엔 아무도 관심을 두지 않았지. 나도 마찬가지고. 진즉에 그 생각을 해야 했는데……."

"무슨 생각을요?"

"아주 간단해. 화물차 운전자가 없으면 화물차가 돌아다니지 않을 거란 생각."

"어휴, 제대로 좀 말해봐요."

"슈퍼마켓에 쌓인 물건들이 어디에서 오겠나?"

그제야 니클라스도 납득이 가기 시작했다.

"당나귀로 물건을 운반하는 시대는 끝난 지 오래라고. 요즘엔 모든 게 화물차로 운송돼!"

페드로는 적색 신호등을 무시하고 달리며 말을 이었다.

"그건 알겠지만, 그렇다고 과속까지 할 건 없잖아요?"

페드로는 약간 속도를 줄였다.

"우유, 육류, 채소 같은 신선식품들은 날마다 입고되는데, 입고가 며칠만 중단돼도 진열대는 텅텅 비어."

"그 큰 슈퍼마켓에도 벌써 물건이 동났다는 얘기인가요?"

니클라스는 미심쩍은 투로 물었다. 이 스페인 사내가 걸핏하면 호들갑을 떤다는 사실을 너무나 잘 아는 탓이었다.

"그러지 않기를 바라지만, 뉴스를 들어보니 이미 상점마다 난리가 났다고 하더군."

페드로가 별안간 브레이크를 밟았다. 두 사람이 탄 차는 길게 늘어선 자동차의 행렬 끝에 멈춰 섰다. 슈퍼마켓 진입로는 혼잡하기 짝이 없었다. 페드로는 길게 생각할 것도 없이 보도 위로 반쯤 올라가 차를 세웠다.

두 사람은 길 건너 붐비는 주차장으로 들어섰다.

"장을 봐야겠다고 생각한 사람이 우리만은 아닌 모양이네요."

니클라스가 우스갯소리를 던졌다. 페드로는 들은 척도 하지 않고 곧장 슈퍼마켓 입구로 돌진했다. 안으로 들어간 니클라스의 얼굴에 웃음이 싹 가셨다. 눈 앞에 펼쳐진 광경을 믿을 수 없었다. 대부분의 진열대가 텅 비어 있었던 것이다! 사람들은 사방팔방 정신없이 뛰어다니며 눈에 띄는 건 모조리 쇼핑카트에 쓸어 담았다. 공황의 기운이 실내를 채우고 있었다.

페드로와 니클라스는 따로 돌아다녀 봤지만 먹을 만한 것을 좀처럼 구할 수 없었다. 겨우 구한 거라곤 약간의 빵과 치즈, 비스킷 몇 통이 전부였다. 충격은 거기서 끝나지 않았다. 계산대의 줄이 밖에서 본 자동차의 줄에 맞먹을 정도로 길었다. 다행히 줄 앞쪽에 서 있던 페드로의 지인이 몇 안 되는 두 사람의 물건을 자신의 것과 함께 계산해줬다. 그러지 않았다면 최소한 한 시간은 줄을 서야 했을지 모른다. 분위기는 팽팽히 긴장돼 있었고, 나가는 길에도 공포에 휩싸인 얼굴들이 끊임없이 밀려들었다. 출입문 밖에서는 한 대 남은 쇼핑 카트를 두고 두 남자가 주먹다짐이라도 벌일 기세로 다투고 있었다.

"이게 고작 사흘 동안 화물차가 다니지 않은 결과라니."

페드로는 어느덧 평정을 되찾은 듯했다.

"이렇게까지 될 줄은 상상도 못 했어요."

"누군들 상상이나 했겠나. 바로 그 점이 문제였던 거지."

자동차에 다다른 두 사람은 보잘것없는 전리품을 싣고 전쟁터를 벗어났다.

"예전에는 누구나 집에 얼마간의 비상식량을 마련해두고 있었는데."

페드로가 대로를 향해 운전대를 꺾으며 말했다.

"요즘은 그러는 사람이 거의 없어. 물품 부족은 빈곤국에서나 볼 수 있는 현상이라고 생각하거나, 설령 이곳에서 그런 일이 벌어진다 해도 먼 훗날의 일이라고 여기 거든. 이렇게 언제 어디서든 벌어질 수 있는 일인데. 사회불안, 전쟁, 기상악화, 흉작, 경제위기, 심지어는 화물차 파업에 의해서도 말이야."

페드로는 상념에 잠긴 채 해변 쪽으로 차를 돌렸다.

"이번 경험 덕분에 우리의 식량체계가 얼마나 허술한지, 허상에 지나지 않는 안전이 얼마나 순식간에 우리를 예측불가능한 세계로 몰아넣을 수 있는지 생생하게 목격했어. 안타까운 일이지만, 배고픔과 두려움은 인간의 본성을 드러나게 만드는군."

"이제 어쩌죠?"

침묵. 이윽고 페드로가 어깨를 으쓱했다.

"파업이 빨리 끝나기만 기도해야지."

홀로 살아가는 자,
더불어 살아가는 자

이튿날 아침, 니클라스는 곤잘레스 씨를 찾아갔다. 금요일이자 화물차 노동자들이 총파업에 들어간 지 나흘째 되던 날이었다. 슈퍼마켓 진열대는 완전히 비어 뉴스에 의하면 화장지조차 구할 수 없는 상황이었다. 이제 사람들은 식량을 구하기 위해 대안을 찾기 시작했다. 니클라스는 궁지에 몰린 사람들이 노인의 채소밭으로 몰려드는 건 시간문제라고 확신했다.

정원의 녹슨 출입문에 도착했을 때는 8시 30분쯤이었다. 주위는 조용했고 곤잘레스 씨는 호스로 토마토밭에 물을 주는 중이었다. 몇 주 전에 니클라스는 어째서 남들이 다 쓰는 스프링클러를 설치하지 않느냐고 물은 적이 있었다. 그러면 일거리가 훨씬 줄어 잠도 더 잘 수 있고 다른 일도 할 수 있을 거라는 게 그의 생각이었다. 그러나 곤잘레스 씨는 조용히 웃으며 고개를 저었다.

"난 일찍 일어나는 걸 좋아해. 게다가 직접 물을 주면 식물에게 훨씬 가까이 다가갈 수 있다네. 채소에 무슨 문제가 있을 경우 즉각 발견하고 대응할 수 있지. 모든 일이 자동으로 이뤄지다 보면 내가 모르는 사이에 병이 퍼질 위험이 있어."

조금 뒤에는 이런 말도 덧붙였다.

"생각을 그저 흘러가게 내버려 두는 것도 아주 멋진 일이야. 채소에 물을 줄 때 물과 함께 흐르도록 말이지. 그러면 머릿속에서 모든 게 새로 정돈되거든. 근심은 사라지고 좋은 아이디어가 탄생하며 기쁨과 평화가 솟구치지. 적어도 내게는 그렇다네."

니클라스는 헛간에서 호스를 하나 더 가져와 다른 밭에 물을 뿌리면서, 화물차 파업 때문에 사람들이 앞다퉈 슈퍼마켓으로 달려가더라는 얘기를 했다. 곤잘레스 씨는 그다지 놀라지도 동요하지도 않는 눈치였다.

"물품 부족 사태는 이번이 처음도 아닐뿐더러 마지막이지도 않을 게 분명해. 요즘 사람들에게는 텅 빈 진열대를 보는 일이 낯설 테지만 예전에는 거의 매주 그런 일이 있었지. 그래도 우리는 이렇게 살아있지 않은가."

"그때는 영감님의 밭처럼 작은 밭들이 많이 있었잖아요. 최소한의 필요는 충족됐던 셈이죠. 파업이 계속되면 사람들은 어디서 먹을 걸 구해야 하나요?"

곤잘레스 씨는 어깨를 으쓱했다.

"어떻게든 해결책이 나올 거야. 당장은 어떻게 할 수 없는 문제고, 오늘내일 누가 굶어 죽는 것도 아니잖은가. 그러니 머리 아프게 고민할 필요도 없네."

이번에도 노인의 말은 옳았다. 그런데도 이런 상황이 처음인 니클라스로서는 불안감이 쉽게 떨쳐지지 않았다.

"때로는 믿음을 품고 기다리는 일밖에는 할 수 없을 때도 있어. 그저 모든 일이 잘될 거라는 믿음 말이야."

니클라스는 마지못해 고개를 끄덕였다. 그가 성장한 세계에서는 믿고 기다린다는 건 드문 일이었다. 능동적으로 내일을 대비하고 계획하지 않는 건 순진하고 무책임한 행동으로 간주됐다. 그러나 아무리 모든 걸 통제하려 들어도 마음대로 안 되는 일은 늘 있는 법이다. 그때는 어떻게 할 것인가? 삶에 대한 믿음을 배운 적 없는 사람들이 그때의 불확실성에 어떻게 대처할 수 있을까?

두 사람이 말없이 일에 열중하고 있는 사이에 첫 손님이 나타났다. 니클라스도 몇 번 본 적 있는 나이 지긋한 부인이었는데, 젊은 이웃 여성 두 명을 대동하고 왔다. 모두 곤잘레스 씨에게서 먹을 것을 살 수 있다는 생각에 안도하는 기색이 확연했다. 감자와 달걀, 토마토, 파프리카만 있어도 며칠은 걱정 없을 테니.

그들이 떠나기 무섭게 다음 손님들이 들이닥쳤다. 젊은 부부 한 쌍과 양복을 입은 남성이었다.

"월요일 전에 파업이 종료될 가능성이 전혀 없다더군요. 심지어 다음 주 내내 이어질 수도 있답니다."

양복 차림의 남자가 말했다.

"좋지 않은 소식이네요. 얼마 안 되는 식료품마저 동나면 사람들이 포르투갈이나 프랑스, 모로코로 몰려갈 텐데 말이죠."

니클라스가 근심스럽게 대꾸했다.

"그것도 쉽지 않을 겁니다. 연료도 아슬아슬하거든요. 주유소마다 자동차들이 끝도 없이 줄을 서 있어요."

젊은 부부는 두려움에 찬 표정으로 서로를 바라봤다. 니클라스도 긴장하기는 마찬가지였다. 휘발유까지는 미처 생각도 못 했다. 생필품 공급 시스템 전체가 이토록 빨리 붕괴될 수 있다는 사실 자체가 충격이었다. 트럭 운전사들이 파업을 벌였다고 나라가 통째로 멈춰 버리다니! 대도시에서 이런 상황을 맞지 않은 게 천만다행이었다. 에스테포나 같은 곳에서는 자동차 없이도 그럭저럭 지낼 수 있을 뿐 아니라 곤잘레스 씨 같은 농부라도 있었다. 그에 반해 대도시에서는 최악의 기아가 닥쳐도 배고픔을 달랠 풀조차 찾을 수 없다.

늙은 농부에게서 식량을 구하려는 사람들이 점점 더 많이 몰려들었다. 니클라스는 평소처럼 밭에서 일하는 대신 온종일 물건 파는 일을 도왔다. 저장고에서 감자를 새로 꺼내 오거나 비닐봉지나 바구니에 채소를 담아주고, 곤잘레스 씨가 조부에게서 물려받은 낡은 저울로 무게를 달기도 했다. 모처럼 새로운 일을 하노라니 기분전환은 됐지만 마냥 즐거워할 수도 없었다. 인간이 앞으로 어떻게 될지 두려웠다. 두려움은 위협적인 그림자처럼 생각을 잠식한 채 좀처럼 가실 줄 몰랐다.

늦은 저녁 녹초가 되어 돌아온 그는 곤잘레스 씨의 정원에서 겪은 일을 동거인들에게 들려줬다.

"내일은 더 많은 사람이 몰려들 거예요."

"걱정 마. 카딤과 나도 별다른 계획이 없으니 함께 가서 도울게. 괜찮지?"

페드로의 말에 카딤이 망설임 없이 고개를 끄덕였다.

"에바는 어때?"

"물론 같이 가야죠!"

니클라스는 동거인들을 바라보며 흐뭇한 미소를 지었다. 근심은 여전히 가시지 않았지만 혼자가 아님을 아는 것만으로도 마음은 한결 가라앉았다.

동이 틀 무렵 네 사람은 이미 곤잘레스 씨의 정원을 향하고 있었다. 전날 예고한 대로 화물차 운전사들은 닷새째 파업을 이어갔다. 상황은 나아질 기미를 보이지 않았다. 상점들도 여전히 비어 있었다. 연료 부족 사태를 고려해 네 사람은 페드로의 자동차를 두고 걸어가기로 결정했다. 8시가 조금 넘어 곤잘레스 씨의 정원에 도착하니 벌써 손님 여럿이 기다리는 중이었다.

"일꾼들을 데려왔어요."

니클라스는 노인에게 인사를 건네며 카딤과 에바를 소개했다. 페드로는 이미 노인과 잘 아는 사이였다.

곤잘레스 씨가 와줘서 고맙다는 인사를 건네고 있는데 소형 트럭 한 대가 부르릉거리며 도착하더니 출입문 옆에 멈췄다. 쉰 살 전후로 보이는 뚱뚱한 남자가 트럭에서 내려, 차례로 줄을 선 사람들을 무시하고 곧장 니클라스 일행에게 다가왔다.

"안녕하시오! 감자 2백 킬로그램 주시오."

남자가 걸걸한 목소리로 말했다.

곤잘레스 씨는 눈을 휘둥그레 뜨고 그를 바라봤다.

"2백 킬로그램이라고?"

남자는 고개를 끄덕였다.

"아직 그만큼 있소?"

"있기야 하네만……."

"잠깐만요!"

페드로가 끼어들었다.

"첫째, 여기 기다리는 분들이 먼저예요. 둘째, 아무나 와서 한 차 가득 뭘 싣고 갈 수는 없습니다. 트럭은 말할 것도 없고요."

남자는 곤잘레스 씨를 향해 돌아섰다.

"저장고에 감자가 얼마쯤 남았죠?"

노인은 잠시 곰곰이 생각했다.

"이번 주에 2천 킬로그램쯤 수확했는데 어제 3백 킬로그램은 팔렸을 거야."

페드로는 니클라스와 줄 앞으로 끼어든 욕심 많은 남자, 그리고 곤잘레스 씨를 차례로 바라봤다.

"한 사람당 5킬로그램으로 제한하는 게 어떨까요? 안 그러면 정오쯤엔 물건이 동나서 많은 사람이 빈손으로 돌아가게 될 거예요."

"좋은 생각이군."

곤잘레스 씨가 곧장 대답했다.

항의하려던 뚱보는 그래 봐야 소용없다는 걸 깨달았는지 페드로를 한 번 노려보고는 트럭을 몰고 사라졌다.

"틀림없이 감자 2백 킬로그램을 길거리에 쌓아두고 열 배로 팔 작정이었을 거야. 남들이 곤경에 처한 상황을 저런 식으로 이용하는 인간이라니, 정말 혐오스럽다니까."

페드로가 화난 표정으로 고개를 흔들었다.

페드로가 곤잘레스 씨를 그토록 좋아하는 이유도 그가 그런 부류에 속하는 사람이 아니기 때문일 거라고 니클라스는 생각했다. 오로지 시장경제학적으로 이 상황을 본다면 물건값을 올려 받는다고 해도 이상할 것은 없었다. 폭증하는 수요에 비해 공급이 턱없이 부족했기 때문이다. 최대한의 이익을 뽑아내는 데 이보다 좋은 조건이 어디 있을까! 그러나 이 늙은 농부에게는 그런 사고방식이 낯설기만 했다. 자신의 생산물에 대해 정당한 가격을 받는 건 당연하지만, 나쁜 상황에 처한 사람들을 이용해 이득을 보다니, 그에게는 고려의 대상조차 되지 못했다.

10시가 되자 줄은 울타리 끝까지 이어졌고, 한 시간 뒤에는 또다시 두 배로 길어졌다. 어느새 시 외곽의 늙은 농부에게서 먹을거리를 구할 수 있다는 소문이 퍼진 모양이었다. 얼마 후에는 출입문 앞에서 기다리는 사람들이 백 명을 넘어섰다.

네 젊은이는 일거리를 나눠 맡았다. 니클라스와 카딤은 창고와 밭에서 물건들을 가져오고 에바는 곤잘레스 씨 곁에서 무게를 달고 계산하는 일을 도왔다. 페드로는 질서유지를 담당하며 출입문 밖이 혼잡해지거나 누군가 새치기를 하는 일이 없도록 신경 썼다. 사람들은 우체국이나 치즈 가게에서처럼 번호표를 하나씩 받았다. 그 밖에도 페드로는 기다리는 사람들에게 물을 나눠주거나, 활기를 돋우기 위해 이런저런 이야기를 하고 우스갯소리를 건네기도 했다. 많은 이들이 신경을 바짝 곤두세우며 긴장해 있었다. 더욱이 섭씨 30도의 무더위 속에 뙤약볕을 쬐며 기다려야 하는 상황이었다. 언제든 분위기가 깨지고 다툼이 벌어질 수 있었다. 그러나 페드로의 말솜씨 덕분에 그런 일은 벌어지지 않았다. 다툼은커녕 모든 일이 평온하게 이루어졌다.

점심시간이 조금 지나자 토마토와 파프리카, 호박은 동이 났다. 달걀은 전날 이미 모두 팔렸고 감자의 재고도 절반으로 줄어들었다. 사람들이 끊임없이 몰려들어 줄이 줄어들 기미가 보이지 않았기 때문에 니클라스와 카딤은 남은 두 개의 감자 고랑에서 감자를 캐기로 했다.

땅바닥에 쪼그리고 앉아 감자를 캐는 동안 니클라스는 곤잘레스 씨가 사람들과 대화하는 소리에 귀를 기울였다. 그는 어떤 농약도 사용하지 않고 농작물을 오로지 물과 유기농 거름만으로 키웠다는 이야기를 몇 번씩이나 열성적으로 반복하고 있었다. 마치 유기농 채소를 광고하기 위해 그 기회를 능수능란하게 활용하는 것처럼 보였다. 그러나 광고는 부수적인 것에 지나지 않았다. 그의 진짜 목적은 사람들로 하여금 자연친화적이고 건강한 삶의 방식에 관심을 갖게 하는 것이었다. 그가 하는 말은 마음 깊숙한 곳에서 우러난 진솔한 메시지였다.

"너무 걱정하지 말게나. 파업은 얼마 안 가 끝날 테니."

그는 손님들을 일일이 이런 말로 배웅하고 있었다. 그를 움직이게 만드는 진정한 동기가 이 한 마디에서 우러났다. 모두가 행복하기를 바라는 마음이 그것이었다.

"고마워요"라는 말도 끊임없이 들려왔다. 고마워요, 고마워요, 정말 고마워요. 사람들은 노인이 어려운 시기에 자신들을 위해 커다란 공헌을 하고 있음을 감지하고 있었다.

줄은 저녁나절이 돼서야 조금씩 줄어들었다. 태양이 막 산 뒤로 넘어간 뒤 곤잘레스 씨는 마지막 손님 응대를 끝마쳤다. 성공적인 하루였다. 모든 사람이 적어도 주말을 걱정 없이 보낼 만큼의 식량을 구해 갈 수 있었으니.

"손님이 더 있었으면 큰일 날 뻔했어요. 창고는 물론이고 밭고랑까지 죄다 비어버렸거든요."

니클라스의 말에 노인은 만족스러운 미소를 지었다. 기진맥진한 네 일꾼은 땅바닥에 털썩 주저앉은 채 고된 일과를 성공적으로 마친 것을 서로 축하했다. 그때 별안간 나이 지긋한 부인의 목소리가 들렸다.

"실례합니다. 먹을거리를 좀 구할 수 있을까요?"

다섯 사람의 시선이 한꺼번에 문으로 몰렸다. 고상한 옷차림을 한 부인이 헝겊 가방을 들고 서 있었다. 모두 섣불리 대답하지 못하고 망설이고 있는데 페드로가 총대를 멨다.

"죄송합니다만, 죄다 팔리고 아무것도 안 남았어요."

"저런. 정말 아무것도 없나요?"

모두 고개를 저었다. 그런데 곤잘레스 씨는 예외였다.

"집 안에 뭐가 있을지 모르니 내 한번 살펴보리다."

그는 땅거미를 밟으며 자리를 뜨더니 얼마 뒤 작은 바구니를 들고 돌아왔다. 바구니에는 감자 몇 킬로그램과 커다란 호박 한 개, 토마토, 심지어 대여섯 개의 달걀도 들어 있었다.

"얼마 안 되지만."

노인이 말하며 부인에게 바구니를 건넸다.

무척이나 점잖아 보이는 부인은 당장 곤잘레스 씨를 껴안기라도 한 기세로 기뻐했다.

"정말 감사합니다! 이 은혜를 어찌 갚아야 할지!"

곤잘레스 씨는 겸손하게 손을 내저었다.

"천만의 말씀을요."

그의 얼굴에 미소가 떠올랐다.

두 사람은 바구니 안의 채소를 헝겊 가방으로 옮겨 담았다. 계산을 마친 부인은 작별인사를 건넸다. 그녀가 막 자리를 뜨려는 순간 노인이 등 뒤에 대고 말했다.

"너무 걱정하지 마세요. 파업은 곧 끝날 테니."

부인은 돌아서서 환한 미소를 지으며 다시 한번 고마움을 표했다.

네 젊은이는 땅바닥에 주저앉은 채 그 광경을 지켜봤다. 에바는 뺨을 타고 흐르는 눈물을 닦아냈고, 세 남자도 노인의 선량하고 헌신적인 태도에 깊이 감동했다.

곤잘레스 씨는 주머니에 손을 넣어 지폐를 한 움큼 꺼냈다. 그러고는 각각 백 유로씩 네 뭉치를 세더니 카딤에게 다가가 돈을 내밀었다. 그러나 카딤은 사양하는 눈빛을 하며 두 손을 등 뒤로 감추었다.

"그러지 말고 어서 받게나. 자네들 모두 오늘 정말 큰 도움이 됐어."

노인은 에바를 향해 돌아섰다. 에바 역시 돈을 받으려 들지 않았다.

"정말 그러실 필요 없어요. 저희 모두 즐겁게 일했는걸요."

노인은 니클라스와 페드로를 바라봤다. 두 사람은 보란 듯이 뒷 짐을 지고 있었다. 곤잘레스 씨는 어쩔 수 없이 지폐를 호주머니에 도로 넣고는, 모자를 벗으며 커다랗게 한숨을 내쉬었다.

"지금은 채소도 줄 수 없구먼. 토마토가 익는 대로 마음껏 따 가게. 약속해야 하네!"

"기꺼이 그럴게요."

에바가 말했다.

온화한 바람이 귓가를 스치고 지나갔다.

"그런데 영감님이 드실 건 남았나요?"

니클라스가 물었다.

"며칠 먹을 만큼은 있다네. 나는 먹는 양이 많지 않아서 괜찮아."

잠시 침묵이 흘렀다. 페드로가 걱정스럽게 말했다.

"조금 더 남겨두시는 편이 나았을 텐데. 만약을 대비해 비상식량 이라도 있어야죠. 파업이 계속되면 어쩌려고 그러세요?"

곤잘레스 씨는 생각에 잠긴 표정으로 정면을 응시하다가 마침내 입을 열었다.

"파업이 계속되면 나뿐 아니라 모든 사람에게 똑같은 상황이 지속되지 않겠나. 밖에서 이웃들이 굶주리는 걸 알면서 내 배만 채우는 짓은 내 눈에 흙이 들어가도 할 수 없어."

그는 젊은이들의 얼굴을 하나하나 들여다봤다.

"우리 모두는 한 배를 탄 것이나 다름없어. 안 그런가? 이런 상황에서는 뭉치는 것만이 유일한 해결책이지. 단합과 협동 없이는 아무것도 할 수 없어. 자연에서도 이건 마찬가지야."

그의 시선이 천천히 정원을 향했다. 한순간 조용히 서 있던 그는 모자를 다시 눌러쓰고는 짧은 한마디로 하루를 끝맺었다.

"부유하든 가난하든, 젊은이든 늙은이든, 누구도 혼자서는 살아갈 수 없어."

집으로 돌아가는 길에는 아무도 입을 열지 않았다. 너무나 피곤해 대화를 나눌 힘조차 없었던 탓도 있고, 모두 지난 몇 시간 동안 경험한 일을 곱씹는 중이기도 했다. 해변에 도착해서야 비로소 페드로가 상부상조라는 주제를 꺼냈다.

"이런 상황에서 곤잘레스 씨 같은 사람에게는 가진 걸 나눠주는 것밖에는 선택의 여지가 없어. 파업이 계속되면 어차피 굶주린 사람들이 달려들어 그가 가진 걸 강탈할 테니까. 순순히 팔지 않으면 언젠가는 강제로 빼앗기게 되는 거지."

"하지만 그건 두려움에 의한 행위잖아요. 영감님의 오늘 행동을 보면 두려움 때문에 가진 걸 몽땅 내놓은 것 같지는 않아요."

정원에서 두 달 반을 보내고 난 지금, 니클라스는 비로소 이 늙은 농부를 진정으로 이해할 수 있었다. 그는 단호하게 머리를 흔들며 말을 이었다.

"절대 아니에요. 곤잘레스 씨는 그저 사람들을 돕는 일에서 기쁨을 느꼈을 뿐이에요. 그건 두려움이 아니라 사랑에서 우러난 행위였어요."

인생 정원에
새로운 꽃은 피고

🌿

일요일이 저물고 월요일로 넘어가던 밤, 화물차 운전사들은 마침내 파업을 종료했다. 파업에 돌입한 지 엿새가 지난 뒤였다. 슈퍼마켓의 진열대가 두 주일, 혹은 한 달이 지나도록 비어 있었더라면 어떤 상황이 벌어졌을지 니클라스는 상상조차 하고 싶지 않았다.

우려하던 공황과 폭동, 내전은 벌어지지 않았고 채 하루도 걸리지 않아 평범한 일상이 돌아왔다. 화물차들이 다시금 도로를 달리기 시작했고 화요일 아침이 되자 언제 파업이 벌어졌냐는 듯 상점과 주유소는 예전의 모습을 되찾았다. 평화를 찾자 식량난을 겪으며 경험한 두려움은 어느새 맥주 한 잔의 안주 삼아 회상하게 될 과거의 이야기가 돼버렸다. 파업은 아무런 성과도 거두지 못했다.

니클라스는 십여 년 전의 금융위기 사태를 떠올렸다. 그때도 견고하게만 보였던 시스템이 통째로 흔들리고 혼란과 불안이 급속도로 퍼졌다. 그러나 이후에도 달라진 것은 없었다. 개인적 실수와 구조적 약점으로 인해 전 세계 금융체계가 거의 붕괴 직전에 이르고 모두에게 치명적인 결과가 초래될 뻔했음에도 그랬다. 운이 좋았다라고 밖에는 할 수 없었다. 모든 게 언제나 완벽하게 기능한다는 것은 불가능하며, 우리 모두 인간인 이상 실수를 저지를 수도 있다. 그게 현실이다. 그러나 실수를 반면교사로 삼지 않는다면 그 실수에 무슨 의미가 있을까?

향후 그런 위기가 또다시 발생하고 상황이 극단적으로 치닫는 걸 방지하기 위해서는 변화와 예방책 마련이 매우 중요하다. 예컨대 화물차 파업이 어떤 결과를 초래하는지 경험했다면, 무엇보다도 소비자 스스로 지역 농부들에 대한 지원을 대폭 늘려야 한다. 지역 농부가 한 명 줄어들 때마다 국내는 물론 전 세계 식량난에 대처할 수 있는 힘도 자동으로 줄어든다. 농부 스무 명이 사라진 자리에 대형 슈퍼마켓이 들어선다는 것은 지속가능한 다양성이 사라지고 파괴되기 쉬운 획일성이 그 자리를 대신한다는 의미다.

앞으로는 일정 정도의 식료품을 저장해두는 것이 좋겠다고 니클라스는 생각했다. 그러면 화물차 기사들이 애초부터 무리할 필요

없이 정당한 임금을 받을 테고, 따라서 피업의 필요성도 없어지기 때문이다. 이 두 가지 예방책만으로도 또다시 식량난이 벌어질 위험을 줄일 수 있다. 그러나 그보다 훨씬 지속가능한 예방책은 지역 농업을 활성화해 식품 공급원을 확보해두는 방법일 것이다. 문제는 지역의 소규모 자작농들이 과연 얼마나 더 버틸 수 있는가다.

페드로는 수년 전부터 에스테포나 뒤편의 깊은 산 속에서 사는 몇몇 지인들에 관해 니클라스에게 이야기한 적이 있었다. 직업 생활에서 하차한 사람들, 히피 혹은 미치광이로 간주되는 사람들이었다. 그러나 그들은 고삐 풀린 세계화에 내재된 커다란 위험성은 물론 지역 농업의 사멸이 초래할 끔찍한 결말까지 날카롭게 꿰뚫고 있다고 페드로는 말했다. 도시를 떠나 자급자족하는 삶은 이들에게 최후의 보루인 셈이다. 페드로의 말에 의하면 이들은 놀라우리만치 자립적이나, 이런 생활방식도 완벽한 안전을 보장해주는 것은 아니었다. 곤잘레스 씨도 말하지 않았던가? 혼자서 생존할 수 있는 사람은 아무도 없다고.

화물차 파업은 삶을 송두리째 뒤흔들 뻔했지만, 그렇다고 에스테포나 주민들이 향후 곤잘레스 씨를 더 자주 찾게 될지는 의문이었다. 슈퍼마켓에서 장을 보는 것이 훨씬 편하고 저렴하기 때문이다. 이는 마치 싸움과도 같았다. 한바탕 전쟁과 고통이 휩쓸고 간 뒤 평화가 찾아오면 어느새 망각이 뒤따른다. 그러나 모든 것이 평상시와 다름없어져도 고통의 뿌리는 여전히 살아있다. 또 다른 갈등은 예정된 것이나 다름없으며, 그로 인해 또 한 차례 위기를 겪는 것도 시간문제다.

주말 동안 한바탕 몸살을 앓은 곤잘레스 씨의 정원은 벌써 아무 일 없었다는 듯 평온했다. 그러나 할 일은 여전히 쌓여 있었다. 니클라스는 해변에서 이삼일 휴식을 즐긴 뒤 정원으로 돌아가 텅 빈 고랑의 흙을 갈아엎거나 남은 채소들을 가꾸며 노인을 도왔다. 토마토와 파프리카는 다시금 쑥쑥 자랐고 가지도 하나둘 익기 시작했다.

오후로 넘어가기 전에 두 사람은 무더위를 피해 무화과나무 그늘을 찾았다. 니클라스가 땅바닥에 앉아 쉬는 동안 곤잘레스 씨는 신선한 박하차를 만들 요량으로 집으로 들어갔다.

니클라스는 빙그레 웃음을 지었다. 뜨거운 여름 날씨에 노인이 처음 박하차를 권했을 때 그는 즉각 사양했다. 차디찬 청량음료가 간절하던 터라 뜨거운 차는 생각만 해도 질색이었다. 그러나 결국은 노인의 설득에 넘어가 차를 마셨고, 박하에 무더위를 식히는 효과가 있음을 처음 알게 됐다. 더위를 이기는 데 맥주나 주스보다 훨씬 효과적이었다. 그때부터 니클라스는 곤잘레스 씨가 차를 가지러

가는 것이 마냥 반가웠다.

잠시 후 노인은 찻물을 넘치도록 부은 두 개의 찻잔을 들고 돌아왔다. 그러고 니클라스에게 하나를 건네며 찻잔 손잡이를 놓았다. 감사의 말을 하려던 찰나, 니클라스는 손가락에 타는 듯한 통증을 느꼈다. 얼른 찻잔을 내려놓으려 했으나 이미 늦은 뒤였다. 손가락이 미처 버티지 못하는 바람에 찻잔은 흙 위에 거꾸로 엎어져 버렸다. 그 와중에 뜨거운 물이 맨발 위로 쏟아졌고, 니클라스의 입에서는 커다란 비명이 터져 나왔다.

곤잘레스 씨는 재빨리 호스를 끌어와 새빨갛게 달아오른 니클라스의 발등에 물을 뿌렸다. 니클라스는 이를 악물었다. 노인은 호스를 그의 손에 쥐어준 뒤 어디론가 사라졌다가 금세 수건과 선인장한 줄기를 들고 돌아왔다.

"그걸로 뭘 하시려고요?"

"알로에 베라야."

"알로에 뭐라고요?"

니클라스는 고통스럽게 얼굴을 일그러뜨리며 되물었다.

"기적의 식물이지."

노인이 대답하며 주머니칼로 줄기에 달린 가시를 자르기 시작했다.

"이 식물은 한쪽을 잘라내도 눈 깜짝할 사이에 잘려나간 부분이 아물어. 사람에게도 같은 효과를 낸다네."

그는 가시가 돋은 가장자리 부분을 잘라 한옆으로 던져버린 뒤 빵을 썰듯 알로에 줄기를 반으로 갈랐다.

"알로에 베라는 거의 모든 질환을 치료해주거든. 변비, 위산과다, 위장질환, 벌레 물린 데, 관절염, 당뇨병…… 무엇보다 화상에 특효라네!"

곤잘레스 씨는 수건을 내밀며 발의 물기를 닦으라는 의미로 니클라스를 향해 고개를 끄덕였다. 그러고는 허리를 굽혀 잘라낸 알로에의 미끈거리는 단면을 화상 입은 피부에 갖다 댔다. 니클라스의 입에서 신음이 흘러나왔다. 고통이 아닌 안도감에서 나온 신음이었다.

"훨씬 나아요! 고마워요!"

"내가 뭐라던가. 기적의 식물이라고 하지 않았나!"

노인이 빙긋 웃었다.

"몇 년 전에 화덕의 철판에 두 손을 덴 적이 있네."

그는 알로에 줄기를 조심스레 니클라스의 발에 문지르며 말했다.

"돌로 만든 커다란 화덕인데, 열기가 무려 400도였어! 순식간에 손가락에 물집이 잡히더니 말도 못 할 고통이 밀려들더군. 알로에 베라로 손을 치료하며 그날 하루를 몽땅 보냈지. 이튿날에는 어땠는지 아나? 피부가 약간 딱딱해진 것만 빼고는 화상의 흔적이 온데간데없어졌어."

니클라스는 감탄하며 그를 바라봤다.

"상상이 가는가?"

노인은 함박웃음을 지었다.

곤잘레스 씨는 수많은 식물의 치료 효과에 관해 풍부한 지식을 갖추고 있었다. 원체 신선한 자연식품만으로 식생활을 했고 과식도 결코 하지 않았으며 활동량 역시 부족한 법이 없는 그였다. 그런데도 무언가 문제가 생겼을 때는 대개 정원에서 해결책을 찾아냈다. 기침에는 백리향이, 열과 두통에는 박하가, 화상에는 알로에 베라가 특효였다. 그래서 고령임에도 불구하고 의사를 찾는 경우는 극히 드물었다.

몇 분이 흐르자 통증이 점차 가셨다. 곤잘레스 씨는 알로에 베라를 니클라스에게 건네고는 땅 위로 불끈 솟아오른 나무뿌리 위에 걸터앉았다. 두 사람은 고요함과 시원한 무화과나무 그늘을 음미하며 말없이 휴식을 취했다. 그때 별안간 검은색 승용차가 나타나 문 앞에 멈췄다.

"맙소사."

니클라스의 입에서 탄식이 흘러나왔다.

"시 공무원인가 뭔가 하는 녀석이 틀림없어요."

와이셔츠와 양복 바지 차림의 남자가 차에서 내려 주위를 훑어보다가 나무 밑에 앉아 있는 두 사람을 발견하고 다가왔다. 눈치로 보아 시 공무원 같지는 않았다. 어쨌거나 지난번 찾아왔던 공무원은 아니었다.

"시장이네."

곤잘레스 씨가 속삭였다.

"정말요? 시장이 여긴 웬일로 왔을까요?"

니클라스는 불길한 예감이 들었다.

"난들 아는가."

노인은 어깨를 으쓱하며 대답했다.

시장은 곧 두 사람이 있는 곳에 이르렀다.

"안녕하십니까."

그는 친절한 말투로 인사하며 두 사람에게 악수를 청했다. 그러고는 곧장 곤잘레스 씨를 향해 돌아섰다.

"고발 건으로 찾아왔습니다. 감사드릴 일도 있고요."

노인은 영문을 모르겠다는 듯 눈썹을 치켜올렸다.

"파업 동안 수많은 주민에게 도움을 주셨다는 소문이 이미 파다하게 퍼져 있습니다. 당연하게 넘어갈 일이 아니라고 생각했습니다."

"당연하고말고."

곤잘레스 씨의 말에 시장이 소리 죽여 웃었다.

"선생님께는 당연한 일인지 모르지만 주민들에게는 그렇지 않았습니다. 특히 제 누이를 도와주신 일은 참으로 본받을 만한 행동이었습니다."

"누이라고?"

"예, 그렇습니다. 제 누이가 토요일 저녁 늦게 이곳에 다녀갔거든요. 선생님께서 드실 음식을 기꺼이 나눠주셨다고 이야기하더군요."

그 말에 두 사람은 채소 바구니를 보고 뛸 듯이 기뻐했던 고상한 차림의 부인을 떠올렸다.

"정말 감사합니다."

"천만의 말씀이네."

"이제 고발 건으로 넘어가지요."

시장이 주머니에서 우편봉투 한 장을 꺼내 들었다.

"이곳에서 불법으로 채소를 판매하신 일 때문에 이미 여러 차례 경고를 받으셨지요. 그러나 에스테포나 주민들에게 큰 도움을 주셨기 때문에 앞선 두 차례의 고발 건은 없던 일로 하겠습니다."

그는 우편봉투를 들어 올리더니 네 조각으로 찢어버렸다. 곤잘레스 씨와 니클라스는 눈이 휘둥그레진 채 그 광경을 바라봤다.

"그러나 채소 판매는 여전히 불법이라는 사실을 말씀드려야겠군요. 개인적으로 선생님께서 하시는 일을 존중하지만, 법은 법인지라 제힘으로 어떻게 할 수가 없네요. 제가 할 수 있는 일은 조언을 하나 드리는 것뿐입니다."

"무슨 조언 말인가?"

시장은 잠시 망설이며 근처에 사람이 없는지 확인하려는 듯 길 쪽을 둘러봤다. 그는 마침내 속삭이듯 말했다.

"채소 판매 간판을 떼어버리세요. 공개적으로 판매하지 않는 이상 법을 위반할 일도 없으니까요."

곤잘레스 씨는 미심쩍은 눈빛으로 그를 바라봤다.

"간판이 여기에 걸려 있으면 안 됩니다. 그러나 선생님이 계시는 건 상관없어요."

니클라스는 귀를 의심했다. 첫째로는 시장이 불법을 저지르라고 부추기는 장면을 두 눈으로 목격했기 때문이었다. 그러나 훨씬 더 놀라웠던 건 곤잘레스 씨 같은 사람이 공동체에 반드시 필요하다는 사실을 시의 수장이 드디어 깨달았다는 점이었다.

"그럼 골프장은 어떻게 되는 건가?"

시장은 또다시 잠깐 주저하더니 사무적인 동시에 약간 권위적인 말투로 대답했다.

"골프장은 예정대로 지어질 겁니다. 숙박시설도 마찬가지고요. 선생님의 이웃들은 모두 이미 사유지를 매도했고, 시 입장에서도 큰돈이 걸린 사업이에요."

여기까지 말한 뒤, 그는 또다시 말투를 누그러뜨렸다.

"하지만 예외적으로 매매 불가의 사유지가 있다고 어제 부동산 업체에 통보했습니다. 그쪽에서도 수락했으니 아마 건설 계획을 수정할 겁니다."

노인은 한참이나 시장의 눈을 뚫어져라 응시했다.

"간판은 내일 떼어내겠네."

시장과 노인이 함께 고개를 끄덕였다. 곤잘레스 씨의 얼굴에 미소가 번졌다.

"고맙네!"

노인과 악수를 하는 시장의 얼굴에도 미소가 떠올랐다. 시장은 찢어진 우편봉투를 노인에게 건네고는 인사를 한 뒤 사라졌다.

니클라스는 곤잘레스 씨가 찢어진 종잇조각을 손에 든 채 환한 얼굴로 무화과나무 아래 서 있는 광경을 한옆에 서서 가만히 바라봤다. 그곳은 노인이 태어난 곳이자 마지막 숨을 거두고 싶어 하는 장소이기도 했다. 니클라스는 그의 행운을 축하하려다 이내 그만두었다. 이는 행운과는 상관없는 일이었다. 시 당국과의 갈등을 해소하고 정원을 구한 것은 곤잘레스 씨의 행동과 너그러운 마음이었기 때문이다. 따지고 보면 지극히 단순한 귀결이었다. 노인이 뿌린 사랑이 평화를 거둔 것이다.

사람은 사랑을 하며
살아가야 하니까

⚘

6월 23일에는 안달루시아 지방의 넘쳐나는 축제 중에서도 하이라이트인 축제를 구경할 수 있다. 하지를 치르는 이교도들의 풍습에서 유래한 축제, '산 후안의 밤(la noche de San Juan)'이 바로 그것이다! 6월 21일부터 다시 낮이 짧아지고 밤이 길어지기 시작하므로 옛사람들은 잦아드는 태양에 힘을 부여하기 위해 방방곡곡에 불을 피웠다고 한다. 신화에서 불은 또한 정화하는 힘이 있는 것으로 간주됐다. 수 세기가 흐르면서 이러한 이교도의 의식은 세례 요한의 탄생을 축하하는 가톨릭교도들의 축제로 바뀌었다. 날짜가 바뀐 이유도 이 때문이었다.

그러나 이제 산 후안의 밤은 세례 요한이나 이교도의 풍습과는 상관없이 친구들과 해변에 모여 배불리 먹고 마시며 밤을 지새우는 축제가 됐다. 마침내 찾아온 여름을 환호로 맞이하는 날이기도 했다.

"그러면 원래 풍습의 흔적은 전혀 남아 있지 않은 건가요?"

페드로에게서 축제의 기원에 대해 설명을 듣고 난 니클라스가 물었다.

"그대로 전해 내려온 건 불뿐이지. 나중에 보게 될 테지만 정말 장관이야. 해변 전체가 불타는 것처럼 보인다니까! 보통은 자정이 되면 바다를 향해 뒷걸음질치며 소원을 빌어. 소원을 종이에 적어뒀다가 활활 타는 불꽃 속에 던져 넣기도 하고. 나중에는 거나하게 취한 사람들이 아직 불꽃이 꽤 크게 타오르고 있는 모닥불을 뛰어넘지. 그러면 행운이 온다고들 하는데, 그러다가 발바닥에 화상을 입고 병원으로 실려 가는 사람들도 적지 않아."

"정말로요?"

"힘껏 뛰어올랐다가 이글거리는 숯 위로 철퍼덕 떨어지면 장난 아니게 아프다고. 나도 한 번 겪어보고는 그 짓을 그만뒀어."

니클라스는 산 후안 축제 때 해변에서 발바닥을 덴 사람들에게 알로에 베라를 팔면 수입이 꽤 짭짤하겠다고 생각했다.

네 젊은이는 저녁 8시 반쯤, 해가 떨어지기 직전에 외출에 나섰다. 땔감, 오래된 신문, 성냥, 알루미늄 포일로 감싼 감자, 맥주와 콜라를 넣고 얼음을 채운 아이스백, 럼주 두 병, 컵, 담요 몇 장, 기타, 그리고 가장 중요한 야광 프리스비까지, 불 축제에 필요한 물건들로 철저히 무장한 채였다. 해변에 도착했을 때는 이미 삼삼오오 모여 있는 수많은 인파 사이로 모닥불이 여러 개 타오르고 있었다. 네 사람도 빈 곳을 찾아 모닥불을 피울 준비를 했다. 얼마 지나지 않아 불꽃이 일고 맥주가 한 차례 돌았다.

그들은 마시고 웃고 노래하고 삶의 의미에 관해 이야기를 나눴다. 바람은 잠잠했고 사방에서 즐거움에 들뜬 목소리가 들렸다. 자정이 되기 5분쯤 전에 페드로는 각자에게 종이와 필기구를 하나씩 나눠주며 소원을 적으라고 일렀다.

몇 분 뒤 네 명의 동거인들은 수백 명의 사람 틈에 섞여 카운트다운을 외친 뒤 다 함께 뒷걸음질로 얕은 바닷물에 들어갔다. 니클라스는 바다를 등지고 선 채 해변 전체에 줄무늬처럼 뻗어 나간 주황색과 노란색의 불빛을 봤다. 숨이 멎을 정도로 아름다운 광경이었다! 이번만큼은 페드로가 과장한 게 아니었다. 그는 황홀하고 신비로운 모습을 최면에 걸린 듯 바라보았다.

자리로 돌아온 네 사람은 먼저 소원을 적은 종이를 태우고 불 가에 앉아 몸을 말렸다.

"프리스비 던지기 할 사람?"

잠시 후 페드로가 물었다.

"저요."

카딤이 즉각 나섰다.

니클라스는 주저했다.

"저는 잠깐 쉴게요."

에바 역시 앉아 있겠다고 말했다.

두 남자가 프리스비를 들고 바닷가 쪽으로 사라지자 니클라스는 에바와 자신의 컵에 콜라와 럼주를 섞어 따랐다. 둘은 훨훨 춤추는 불꽃과 그 너머 멀리 이리저리 날아다니는 야광 프리스비를 잠자코 바라봤다.

"무슨 소원을 적었어요?"

니클라스는 당황해서 에바를 바라봤다.

"그걸 말하면 안 이루어진다던데요?"

"바보 같은 소리. 말해봐요."

그는 그저 가장 먼저 떠오르는 소원을 적었다. 그다지 흥미로울 것 없는 건실하고 현실적인 소원이었다.

"독일로 돌아가면 좋은 직장을 구하게 해달라고 빌었어요."

"안 물어봐도 알 만한 소원이었네요. 독일인이 그런 것 말고 무슨 소원이 있겠어요."

에바가 웃음을 터뜨리며 말했다. 니클라스도 머쓱하게 웃었다.

"독일 사람들은 항상 그렇게 일 생각만 하나요?"

"에이, 전혀 그렇지 않아요. 하지만 대부분은 적잖은 시간을 직장에 투자하며 삶을 보내죠. 나도 틈틈이 일에 신경을 쓰는 게 옳다고 생각하고."

그녀는 동의한다는 듯 미소를 지으며 고개를 끄덕였다.

"그럼 좋은 직업이라는 게 뭐라고 생각해요?"

니클라스는 곰곰이 생각하다가 대답했다.

"의미 있는 일. 정직한 일. 기분 좋게 잠자리에서 일어나게 만들어주고 남에게 해를 끼치지 않는 일."

"예를 들면?"

"곤잘레스 씨가 하는 농사일도 그중 하나겠네요. 다만 보수가 더 좋다는 전제하에."

두 사람은 또다시 웃음을 터뜨렸다. 완벽한 직업을 갖는 일이 그리 간단하다면 얼마나 좋으랴.

"그럼 행운을 빌어요! 행운이 아주 많이 필요할 것 같은데."

"에바는 무슨 소원을 빌었어요?"

그녀는 당혹스러운 웃음을 짓더니 모닥불로 시선을 돌렸다.

"사랑에 빠지게 해달라고요."

그러고는 몸을 돌리며 그를 향해 미소를 던졌다. 문득 뱃속이 간질거리는 것 같아, 니클라스는 황급히 럼주가 든 잔을 들고 한 모금 크게 들이켰다.

"싱글로 사는 걸 좋아한다고 하지 않았어요?"

"물론 그렇기야 하죠. 그래도 사랑에 빠진다면 더 행복할 거예요."

"소원대로 잘 돼가는 것 같아요?"

"물론이죠."

그녀는 한쪽 눈을 찡긋했다.

니클라스는 맥박이 빨라지는 것을 느꼈다. 그는 다시금 잔을 들어 남은 술을 단숨에 들이켠 뒤, 음료를 더 가져오려 몸을 일으켰다. 아이스백 쪽으로 몸을 굽히는데 별안간 현기증이 일었다. 그게 헝가리 미인의 윙크 때문인지 알코올 때문인지 알 수 없어서 그는 원인을 찾아내려 계속해서 술을 마셨다.

두 잔을 더 비우고 나자 몸을 굽히지 않아도 현기증이 났다. 잠시 뒤에는 머릿속이 아득해지더니 이내 필름이 끊겨버렸다.

얼마나 지났을까. 눈부신 햇살에 눈을 뜨자 머릿속이 윙윙 울리는 것 같았다. 그는 천천히 몸을 일으키고 주위를 둘러봤다. 옆에는 페드로가 모래 위에 드러누워 잠들어 있었다. 모닥불은 사그라진 지 오래였고 시커먼 잿더미에서 가느다란 연기만 몇 가닥 피어오르고 있었다. 모래밭에서 간밤을 보낸 사람들이 여기저기 눈에 띄었다. 니클라스는 자리에서 일어나 비틀거리며 근처 수풀로 가서 볼일을 봤다.

자리로 돌아온 뒤 그는 모래 위에 쭈그리고 앉아 지난밤의 일을 기억해내려 애썼다. 언제쯤인가 네 사람은 다시 불 가에 모여 앉아 있었고, 페드로가 기타를 연주했다. 카딤만이 유일하게 불꽃을 뛰어넘었다. 니클라스는 에바와 무슨 얘기인가를 나누다가 나중에는 페드로와 대화했다. 그 뒤 아름다운 밤하늘을 보며 감탄하는데 검은 그림자 두 개가 그를 스쳐 지나갔다. 기억은 거기에서 끊겨 있었다.

페드로도 이윽고 정신이 든 모양이었다.

"좋은 아침."

그가 쉰 목소리로 인사를 건넸다.

"좋은 아침이에요. 다행히 간밤을 무사히 넘겼네요."

니클라스가 대답했다.

페드로는 물병을 집어 들고 우렁차게 들이켠 뒤 니클라스에게 내밀었다. 두 사람은 얼마간 말없이 앉아 멍하니 바다를 응시했다. 이윽고 페드로가 두리번거리기 시작했다.

"카딤과 에바는 어디 간 거야?"

니클라스는 알 턱이 없어 어깨만 으쓱했다.

"아침 식사 거리라도 가지러 갔나."

그는 기대에 찬 투로 중얼거렸다.

"그러면 담요는 왜 가져갔지?"

니클라스는 뒤통수를 맞은 기분이었다.

"혹시……."

막 입을 열던 그는 불현듯 자신을 스쳐 지나간 두 개의 그림자를 떠올렸다. 카딤과 에바가 그 자리에 없는 이유를 알 것 같았다. 페드로도 뭔가를 눈치챈 모양이었다.

"말도 안 돼. 나쁜 세네갈 녀석 같으니, 우리는 놔두고 여자만 낚아채 갔잖아!"

어이없기는 니클라스도 마찬가지였다. 에바의 마음을 훔친 것이 자신이라고 믿어 의심치 않았건만! 사랑에 빠지고 싶다고 말하며 유혹하듯 윙크를 던지지 않았던가 말이다. 아니면 취기 때문에 완전히 착각에 빠졌던 건가?

"휴우. 아프리카가 1대 0으로 이기고 있구면."

페드로가 체념한 듯 내뱉었다. 니클라스도 인정하지 않을 수 없었다.

"정말 끝내주는 골이군요! 산 후안의 밤에 게다가 수비수를 두 명이나 뚫고 골을 넣었으니. 이보다 멋질 수는 없을 거예요!"

해변에서 보낸 밤의 후유증으로부터 완전히 회복되기끼지는 이틀이 걸렸다. 10년 전이었다면 밤을 지새우고 이튿날 또다시 파티를 벌였어도 끄떡없었을 것이다. 회복 기간 따위는 필요 없는 시절이었다. 20대 초반과 30대 초반은 천지 차이라는 걸 니클라스는 뼈저리게 실감했다. 예순이 되면 유흥의 밤으로부터 회복되는 데 얼마나 긴 시간이 필요할까? 그런 생각을 하노라니 새삼 곤잘레스 씨의 원기 왕성함이 놀랍기 그지없었다. 여든 살 가까운 나이에 날마다 고된 밭일을 해내는 것을 보며 니클라스는 매번 감탄하곤 했다.

어느덧 6월이 저물어가고 안달루시아에는 완연한 여름이 찾아와 있었다. 낮 동안은 모든 종류의 육체노동은 물론이고 생각하는 일조차 힘들 정도로 무더웠다. 스페인 학교의 여름방학이 거의 석 달인 것도 무리는 아니였다. 이곳 사람들이 시에스타를 그토록 성스럽게 여기는 이유도 이제는 이해할 수 있었다. 6월에서 9월 사이에는 오후에 할 수 있는 가장 유익한 일이 낮잠이었다.

물론 관광객들을 상대하는 직종처럼 낮 동안 여러 시간 휴식을 취하기 어려운 직업을 가진 사람들도 있었다. 그러나 어찌어찌 가능하기만 하다면 누구나 뜨거운 낮 동안에는 육체적이거나 정신적이거나 기력이 필요한 일을 최소한으로 줄였다. 폭염 속에서 일해야 하는 사람들은 주변의 동정을 샀다.

곤잘레스 씨의 정원 일도 이른 아침과 저녁 시간에만 하게 됐다. 어차피 밭고랑의 절반 이상이 비어 있었고 8월 중순까지는 새로 심을 것도 없었기 때문에 할 일도 많지 않았다. 채소가 남아 있는 고랑에서 할 일이라고는 약간의 잡초를 뽑고, 물을 주고, 이따금 다 익은 토마토나 파프리카, 가지를 따는 정도였다. 급히 해야 하는 일거리는 흙에 햇빛 차단막을 치는 일뿐이었다.

곤잘레스 씨는 손수레에 건초를 가득 싣고 밭고랑 사이를 누비다가 몇 미터마다 멈춰 서서 쇠스랑으로 건초를 덜어 뿌렸다. 니클라스는 뒤를 따라가며 채소 주위로 건초를 골고루 펴주었다.

"이렇게 해두면 흙 표면의 습기가 쉽게 마르지 않아. 그러면 물이 얼마나 많이 절약되는지 자네는 상상도 못 할 걸세!"

노출된 표면을 모두 건초로 덮은 뒤에 두 사람은 여느 때처럼 접이의자에 앉아 땀을 식혔다. 뉘엿뉘엿 기우는 해를 바라보던 니클라스의 머릿속에 문득 조만간 독일로 돌아가야 한다는 생각이 떠올랐다. 돈이 서서히 바닥나는 참이어서, 그는 완전히 빈털터리가 되기 전에 귀가하기로 마음먹고 있었다. 자칫 늦어졌다가는 불필요한 압박감에 시달려 아무 일자리나 덥석 물게 될 위험이 있기 때문이다. 더불어 그는 안달루시아에 머물며 배운 여러 가지 일을 자신의 일상에 적용할 때가 왔다고 느끼고 있었다. 곤잘레스 씨로부터 새로이 배운 수많은 삶의 관점은 그에게 일종의 숙제와도 같았다.

그러나 지금껏 풀리지 않은 궁금증이 남아 있었다. 몇 번이나 물어보려 했지만 번번이 다른 일이 생겨 기회를 놓쳤다. 그는 마지막 시도라 생각하며 질문을 던졌다.

"영감님의 삶에서 사랑은 어땠나요?"

곤잘레스 씨는 아무 반응도 보이지 않았다.

"오래전에 결혼 생활을 한 적이 있다고 말씀하셨잖아요."

노인은 몇 분 동안 침묵을 지킨 끝에 드디어 입을 열었다.

"스물한 살에 아내를 처음 만났어. 3년 뒤에 약혼하고, 얼마 안 가 결혼식을 올렸지. 이후 4년 동안 정말 행복하고 사랑이 넘치는 결혼 생활을 했어. 모든 게 완벽했네. 그런데 어느 날부턴가 아내가 도시 생활을 꿈꾸기 시작하더군……."

그는 잠시 머뭇거렸다.

"나 같은 사람이 도시에 산다는 게 상상이나 가는가?"

니클라스는 피식 웃으며 머리를 흔들었다.

"그 뒤로 우리 사이는 점점 멀어졌어. 그리고 어느 날엔가 아내는 다른 남자를 알게 됐지. 그녀가 꿈꾸던 모든 것, 내가 갖지 못한 모든 것을 해줄 수 있는 사람을. 마드리드의 아파트, 커다란 자동차, 비싼 휴가 같은 것 말이네. 얼마 안 가 아내는 나와 이혼하기로 결심했어. 별안간 두둑한 지갑과 멋진 옷과 자유로운 주말을 누리게 됐으니 당연히 나 같은 건 눈에 들어오지 않았겠지. 우리는 결국 이혼했고, 아내는 얼마 안 가 그 남자와 결혼해 아이까지 낳더구먼."

노인은 니클라스를 바라보며 어깨를 으쓱했다.

"사랑 이야기는 그것뿐이야."

"슬픈 일이네요."

노인은 또다시 어깨를 으쓱했다.

"아직도 그분에 대한 미움이 남아 있나요?"

"전혀."

노인은 1초도 망설이지 않고 대답했다.

"진짜 미움을 품은 적은 한 번도 없어. 슬프기는 했지만, 미워할 이유가 있나?"

그의 시선이 출입문을 지나 커다란 유칼립투스 나무에 머물렀다.

"그녀가 나쁜 마음으로 그렇게 변한 거라고는 생각지 않네. 그냥 어쩌다 보니 그리 된 거야."

그는 니클라스를 바라봤다.

"인생은 끊임없이 변하는 법이라서 어떤 방향으로 흘러갈지는 아무도 몰라. 자연도 마찬가지지. 정원에서는 하루하루가 다르고 예측불가능한 일도 많기 때문에 모든 걸 통제한다는 것도 불가능해.

가령 날씨를 보게. 그저 주어진 날씨를 받아들이고 그에 맞추든가, 아니면 안절부절못하며 어차피 사람의 힘으로는 어쩔 수 없는 조건에 맞서 헛된 싸움을 벌이든가, 선택은 둘 중 하나야."

노인은 한층 나직하고 겸허한 목소리로 말을 이었다.

"정원으로부터 나는 매사에 영향력을 행사하려 애쓸 필요가 없다는 사실을 배웠네. 자연은 믿을 수 없을 만큼 지혜로워서 자신이 해야 할 일도 정확히 알고 있어. 이따금 자연이 조금 더 긴 시간을 필요로 할 때도 있지. 그러면 우리는 조급해지만 자연은 조급함이라는 걸 모른다네. 우리는 그저 자연을 믿어야 해. 자연은 알아서 제할 일을 해내며 모든 게 균형을 이루도록 돌보거든."

마지막 햇살이 산 너머로 사라졌다.

"실패, 버림받는 일, 깊은 슬픔, 고통 이 모든 건 삶의 일부분이야. 그러나 이중 무엇도 영원하지는 않아. 언젠가는 인생의 다음 장으로 넘어가면서 기쁨과 행복이 되돌아올 테니까."

니클라스는 전적으로 공감했다. 굴곡과 실수 없이는 배움도 없고, 끝이 없으면 새로운 시작도 없다.

"그럼 영감님의 사랑은 어떻게 됐나요? 그때 이후로 다음 장이 시작됐나요?"

"아니. 나 같은 농부에게 잘 맞는 여인네를 찾는다는 게 쉬운 일이 아니라네. 내 평생 만나본 몇 안 되는 여자 중 나와 함께 이런 시골에 살고 싶어 하는 사람은 없었어."

그의 눈동자에 실망의 빛이 스쳤다. 사랑뿐 아니라 삶의 방식에서도 그는 혼자였다. 안타깝게도 희망의 빛 또한 보이지 않았다. 곤잘레스 씨처럼 밭을 가꾸는 농부들은 점차 줄어들고 농부를 사랑하는 여인들도 드물어졌으니까.

노인은 한숨을 내쉬더니 모자를 치켜들고 듬성듬성한 머리칼을 쓸어 넘겼다. 그러고는 아무렇지 않은 듯 미소를 지었다.

"어쩔 수 없는 일이지."

곤잘레스 씨가 지닌 여유를 한 조각만이라도 얻어갈 수 있다면. 니클라스는 혼자 생각했다.

그는 자신의 지난 사랑들을 떠올려봤으나 운명의 사랑이라고 할 만한 상대는 없었다. 그런 사람을 찾았다고 생각한 적은 몇 번 있었지만 모두 착각으로 끝났다. 아니면 운명의 상대라는 것 자체가 없을지도 모른다. 그것도 아니면 대부분의 사람처럼 그 역시 지나치게 조급해한 것일 수도 있다. 어쨌거나 운명의 사랑을 찾는 일은 완벽한 직업을 찾는 것만큼이나 어려운 일 같았다. 우리는 황홀한 꿈을 꾸지만, 현실에서는 좀처럼 이루어지지 않아 좌절감을 맛보곤 한다. 그럼에도 포기란 없다. 꿈꾸기를 그만둔다면 우리 인생은 어떻게 될까.

"여든을 넘긴 뒤에 좋은 짝이 나타날지도 모르죠."

니클라스가 명랑하게 말했다.

"그래. 누가 아는가."

노인이 껄껄 웃으며 대꾸했다.

더운 바람이 두 사람의 귓가를 스치자 주변의 소리는 잦아들고 고요함이 밀려들었다.

"나는 혼자 있는 게 즐겁네. 고독을 즐길 줄 아는 것도 그만큼 중요하다고 생각해. 물론 두 사람이 만나 사랑하는 것만큼 아름다운 일은 없지. 그러니 사랑을 향한 염원도 클 수밖에. 사랑만큼 사람을 행복하게 하는 건 없기 때문에 우리가 그토록 사랑을 갈구하는 게 아니겠나."

당신은 어떤 삶을
살고 싶은가요?

니클라스의 안달루시아 체험은 그로부터 두 주일 뒤에 끝을 맺었다. 적어도 당장의 체류는 끝이었다. 에스테포나에서 석 달 이상을 보내는 동안, 남국에서 휴식기를 갖기로 결정한 일을 후회한 적은 단 한 번도 없었다. 날마다 바다를 바라보거나 수영을 했으며, 밤이면 작은 보트를 타고 멀리까지 나가 유유히 떠다니는 것도 큰 즐거움이었다. 해변에서 일광욕을 즐기고 수 킬로미터씩 해변을 따라 산책하거나 사람들과 프리스비를 던지고 불 축제에 참가한 경험은 또 어떤가.

집을 뒤죽박죽으로 만드는 게 흠이지만 일상을 유쾌하고 풍성하게 만들어주는 멋진 동거인들을 만난 것도 행운이었다. 위력적인 레반테를 경험하고, 시골 마을의 삶을 조금이나마 엿볼 수 있었으며, 시장도 직접 만나봤다. 그러나 곤잘레스 씨와의 만남, 그리고 두 손으로 흙을 파며 보낸 수많은 시간들에 비하면 그 모든 경험은 아무것도 아니었다. 밭농사가 자신을 그토록 행복하게 만들어줄 거라고는, 그리고 늙은 농부 한 명으로부터 인생에 관해 그토록 많은 가르침을 얻을 거라고는 꿈에도 생각지 못했다.

더 오래 머물고픈 마음은 있었지만 재정적인 이유로 불가능하기도 했고 사실 더 머물 필요성도 느껴지지 않았다. 충분히 휴식을 취하고 영감을 얻었다고 여긴 니클라스는 북쪽으로 돌아갈 마음의 준비가 돼 있었다.

그가 탄 비행기는 늦은 오후에 이륙할 예정이었다. 세 동거인 모두 온종일 일을 해야 했기 때문에 니클라스는 아침 식사를 마친 뒤 곧바로 그들과 작별인사를 나눴다.

"즐거운 시간이었어요."

그는 출근하는 동거인들을 문가에서 배웅하며 약간 울적한 마음으로 인사를 건넸다.

"구직하는 데 행운이 있기를 빌어요. 부다페스트에 오게 되면 연락하고요."

에바는 양 볼에 입 맞추는 형식적인 인사 대신 따뜻하게 그를 포옹하며 말했다.

다음은 카딤 차례였다.

"안전한 여행 되세요!"

"고마워! 정신 나간 스페인 사람들 틈에서 무사히 살아남으라고!"

두 사람은 씩 웃고는 포옹을 나눴다.

니클라스는 페드로를 향해 돌아섰다.

"형님도 저 세네갈 사내와 잘해보세요. 아프리카가 1대 0으로 이기고 있다는 사실 잊지 마시고."

"노력해보지."

페드로는 웃으며 대꾸하고는 친근하게 니클라스의 어깨를 두드렸다.

"언제 한 번 놀러와. 방 하나가 비면 언제든 들어와 살아도 되고. 물론 소파는 아무 때고 사용 가능해."

또 한 번의 포옹이 이어졌다. 이윽고 세 사람이 자리를 뜨자 니클라스는 혼자 남겨졌다. 새로운 친구들에게 그토록 빨리 익숙해졌다는 사실이 새삼 놀랍게 다가왔다. 얼마 전까지만 해도 낯선 사람들에 불과했던 그들의 빈자리가 너무나 크게 느껴졌다. 그는 문을 닫고 한숨을 내쉬었다. 이별이 쉬운 경우는 없지만, 그중에서도 가장 힘든 이별이 아직 남아 있었다.

오전 11시가 조금 안 됐을 때 그는 해변 모래밭에서 샛길로 접어들어 메마른 하천을 따라 올라가고 있었다. 이 길을 걷는 것도 마지막이리라. 스페인에 도착한 이후 몇 달 동안 그는 하천의 마지막 물줄기가 서서히 말라버리고, 갈대가 자라나고, 진한 초록빛이었던 봄 풍경이 황금빛 여름 풍경으로 바뀌는 장면을 봐왔다. 이 길마저 이제는 친구처럼 느껴졌다.

곤잘레스 씨는 젊은 여인에게 토마토를 팔고 있었다. 니클라스는 인사를 건넨 뒤 헛간 옆에 서서 손님이 떠나기를 기다렸다. 몇 분이 지나자 곤잘레스 씨가 웃으며 다가왔다.

"여행길에 먹을거리는 안 필요한가?"

"아뇨, 괜찮아요. 오늘은 제가 선물을 드리고 싶어요."

니클라스가 노인에게 두툼한 봉투를 건넸다.

"웬 선물인가? 무엇 때문에?"

"그냥 감사의 의미로 드리는 거예요."

곤잘레스 씨는 봉투를 열어 올리브색 티셔츠를 꺼냈다.

니클라스는 노인이 걸치고 있는 구멍투성이 티셔츠를 바라봤다. 그가 가진 다른 옷들도 낡기는 마찬가지라서 보기만 해도 동정심이 솟구칠 정도였다. 물론 노인에게 그런 말을 한 적은 한 번도 없지만.

"영감님에게 어울릴 것 같아 샀어요. 뭐라고 쓰여 있는지 한번 맞춰

보세요."

곤잘레스 씨는 티셔츠를 펼쳐 들고는 검은색으로 쓰인 글씨를 읽어보려 애썼다.

"Don't panic, it's organic."

니클라스가 옆에서 대신 읽었다.

"'진정하세요, 유기농이니까'라는 뜻이에요."

노인은 껄껄 웃음을 터뜨렸다.

"그거 마음에 드는군. 고맙네!"

작별 선물로 무엇을 준비할지 한참이나 고민한 끝에 구한 선물이었다. 곤잘레스 씨는 필요한 것은 모두 갖고 있었고 사치품에는 관심조차 없는 사람이라 선물 정하기가 쉽지 않았다. 처음에는 새 각삽을 선물할까 생각했다. 노인의 삽은 녹슬다 못해 부스러기가 떨어질 정도로 낡아 있었다. 그러나 곤잘레스 씨는 오래된 연장이 아주 쓸만하다고 몇 번이고 강조하곤 했다. 그에게 없는 것이라고는 아내뿐이었지만 니클라스가 구해줄 수는 없는 노릇이었다. 오랜 고민 끝에야 인터넷에서 글귀가 적힌 티셔츠를 발견하고 주문할 수 있었다. 대단한 물건은 아니지만 중요한 것은 선물의 의미라고 생각했다.

"시간 여유가 있으면 박하차 한 잔 들겠나?"

"박하차라면 언제든 환영이죠."

집 안으로 들어간 곤잘레스 씨는 잠시 후 찻잔 두 개를 들고 돌아와서 하나를 조심스럽게 니클라스에게 건넸다. 두 사람은 대문 앞 접이의자에 앉았다. 이 역시 이번이 마지막이었다.

"발은 좀 어떤가?"

"좋아졌어요. 화상은 흔적도 없고요."

"내가 뭐라던가! 알로에 베라는 정말 기적의 식물이야!"

곤잘레스 씨가 기뻐하며 말했다. 니클라스는 고개를 끄덕여 공감을 표했다.

두 사람은 한참이나 말없이 앉아 자연의 소리에 귀를 기울였다. 밭고랑과 나무들을 둘러보노라니 생각의 물줄기가 점차 잔잔해졌다. 이 정원에서 차를 마시거나 삶을 찬미하며 수많은 시간을 함께한 두 사람이었다.

"난 이렇게 바깥에 있을 때 자유로움을 느낀다네."

늙은 농부는 온화한 어조로 말했다.

"이곳에서는 강요도 저항도 없이 자유롭게 움직일 수 있으니. 그저 자연의 리듬에 몸을 맡기고 이 순간에서 저 순간으로 흘러가면 되거든. 흙을 딛고 서서 아름다운 식물들에 둘러싸인 채 신선한 공기를 마시면서 말이지."

그는 잠시 말을 끊었다.

"사랑과 견줄 수 있는 단 하나의 감정이 있다면 바로 이런 것일지도 몰라. 자연과 내가 하나가 됐다는 느낌 말일세."

니클라스는 무슨 말이라도 해보려 했지만, 여느 때처럼 노인의 지혜로움에 깊은 감동을 받아 말문이 막혀버렸다. 어쩌면 그를 이토록 감동에 젖게 한 것은 노인의 말 자체가 아니라 정원이 노인의 입을 통해 보내는 메시지였는지도 모른다.

그 메시지 중에서도 가장 중요한 것은 겸손함이었다. 인간이 자연보다 우월하다고 착각하는 경우는 너무나 많지만 진실은 그와 정반대다. 모든 인간은 우리가 생명이라고 부르는 거대한 유기체의 미세한 세포 하나에 지나지 않는다. 정원에서 식물들이 자라고 달콤한 열매를 맺을 때면 오만함에 젖은 인간은 자신이 뭔가 큰일을 해냈다고 생각하지만, 그러한 기적이 일어나기까지 인간은 극히 작은 역할만 수행할 뿐이다. 진정 칭송받아야 할 주인공은 개개인이 아니라 커다란 전체인 것이다.

수용과 신뢰도 정원이 보내는 중요한 메시지였으나 그 바탕 역시 겸손함이다. 위력적인 자연의 힘을 이해하지 않고는 현재를 수용하거나 다가올 일을 신뢰하기가 불가능하다. 신뢰하고 수용하는 자세를 갖춘 사람만이 여유를 품을 수 있다. 희망과 용서, 평화를 위한 여유를.

곤잘레스 씨는 이 모든 것을 온몸으로 보여주는 사람이었다. 그가 니클라스가 찾던 일종의 본보기가 된 이유도 정확히 여기에 있었다. 무엇을 하라는 훈계를 통해서가 아니라 지혜가 깃든 삶을 스스로 실천해 보임으로써 영감을 주는 누군가를 그는 갈망해왔다.

"딱 하나만 부탁드릴게요. 떠나는 제게 어떤 조언을 해주시고 싶은가요?"

곤잘레스 씨는 잠시 생각에 잠겼다.

"인생을 살아가는 데 가장 중요한 건 열린 마음가짐이라고 생각하네. 끊임없이 배움을 즐기고, 낯선 것을 대할 때 두려움이 아닌 호기심을 품게나. 두려움은 행복의 가장 큰 적이거든. 중요한 건 결국 그게 아닌가? 행복하게 사는 것 말이야."

니클라스는 차를 마저 마시고 자리에서 일어섰다. 만남을 매듭짓기에 완벽한 순간이었다.

"모든 게 다 고마웠어요!"

그는 노인을 껴안았다.

"그동안 일을 도와줘서 고맙네."

두 사람은 포옹을 풀고 서로의 눈을 물끄러미 들여다봤다. 이유는 알 수 없었지만, 니클라스는 솟구치려는 눈물을 억지로 삼켰다. 잠시 후 그는 말없이 돌아서서 대문을 향했다.

"그거 아는가?"

니클라스가 몇 발자국 멀어진 뒤에 노인이 말했다.

"네?"

"행복해지는 데 열린 마음가짐이 중요하긴 하지만, 살다 보면 그보다 훨씬 중요한 게 또 있다네."

"그게 뭔데요?"

곤잘레스 씨는 길게 숨을 들이쉬었다. 그러고 특유의 매력적인 미소를 지으며 대답했다.

"감사하는 마음."

몇 시간 뒤 니클라스는 공항버스에 몸을 실었다. 숨이 턱에 차도록 뛰었지만 출발 시간보다 1분 늦게 정류장에 도착하는 바람에 버스가 떠났을까 봐 조바심이 났다. 남국에서 석 달 반을 보내고 나서도 안달루시아에서는 모든 일이 독일과는 다르게 돌아간다는 사실을 깜빡한 것이다.

버스는 예정 시간보다 15분이 지나서야 느릿느릿 출발했다. 니클라스는 창가 자리에 앉아 멍하니 바깥을 응시했다. 버스가 고속도로로 들어서는 순간, 멀리 번쩍거리는 대형 슈퍼마켓의 간판이 눈에 들어왔다. 그러자 파업과 텅 빈 진열대, 정원 앞에 길게 줄 서 있던 사람들이 떠올랐다. 그 일은 그를 깊디깊은 성찰에 빠지게 했다. 우리의 시스템이 얼마나 유약한지, 모든 것이 얼마나 급속도로 와해될 수 있는지 그 경험을 통해 깨달았다. 무엇보다도 주기적으로 그런 위기를 겪지 않으려면 변화가 시급하다는 사실을 절감하는 계기였다.

세상 사람들은 늘 무능하고 부패한 정치인들이나 탐욕스러운 은행가, 권력욕에 사로잡힌 엘리트를 비난하며 모든 위기를 그들의 탓으로 돌린다. 그러나 소규모 지역 농업이 점차 소멸되는 데 실질적인 책임을 지는 이는 누구인가? 장을 볼 때 유기농 상점이나 곤잘레스 씨 같은 농부가 아니라 슈퍼마켓을 선택하는 이는 누구인가?

몇 주 전 니클라스와 페드로는 개인의 책임에 관해 토론을 나눴다. 그때까지만 해도 니클라스는 그와 다른 견해를 갖고 있었다.

"실업자 신세에 세 아이를 홀로 키워야 하는 엄마라면 어떻겠어요? 그런 사람에게 유기농 상점에서 물건을 사라고 강요할 순 없잖아요."

페드로가 즉각 받아쳤다.

"그럴지도 모르지. 그런데 자네는 혼자 아이를 키우는 실업자 엄마가 아니잖아?"

당연히 그의 말이 옳았다. 다시 말해 그처럼 어려운 상황에 처해 있지 않은 소비자가 대다수다. 대부분은 어디에서 무얼 살지 자유롭게 결정할 수 있다. 이는 선호의 문제이며, 결론적으로 미래에 일어날 위기의 책임도 개개인에게 있는 셈이다. 우리가 살고자 하는 세상을 빚어내는 것도 결국 우리가 소비하는 한 푼 한 푼이기 때문이다.

덜컹거리며 달리는 고속버스 차창 밖으로 안달루시아의 산과 언덕들이 흘러갔다. 드문드문 서 있는 집들 외에 채소밭이 간혹 눈에 띄었다. 니클라스의 입술 사이로 나직한 한숨이 흘러나왔다. 벌써 곤잘레스 씨의 정원이 그리웠다.

창밖을 바라보며 그는 자신이 농작물을 키우는 동안 얼마나 큰 변화를 겪었는지 새삼 떠올렸다. 예전의 그는 유기농 채소에 붙은 가격표를 보며 투덜거리는 사람이었다. '무슨 브로콜리 한 개가 2유로나 한담? 사기꾼들 같으니!' 그러나 농약과 화학비료를 쓰지 않고 작물을 가꾸는 데 얼마나 큰 노고가 들어가는지 직접 목격한 지금은 완전히 다른 사고방식을 갖게 됐다. 건강하고 행복한 식물 한 포기에 들어간 시간과 애정의 가치는 결코 돈으로 따질 수 없다. 그러나 보기 좋게 포장된 채 진열대에 가지런히 놓인 상품에 익숙해진 사람들은 음식이 슈퍼마켓이 아닌 땅에서 나온다는 사실을 쉽게 망각한다. 어쩌면 개개인이 들판이나 집 뒤뜰, 하다못해 발코니에라도 채소를 키우는 일은 현재 인류가 직면한 문제들의 해결책이 될지도 모른다. 우리 삶에서 중요한 것, 다시 말해 음식, 흙, 내면의 평화 등과 다시금 긴밀한 관계를 맺을 수 있는 하나의 방법이기 때문이다.

곤잘레스 씨는 자연과의 결속이 없는 사람은 광기에 빠지기 마련이라고 했다. 언젠가 모두가 광기와 질병에 사로잡힌다면 건강하고 살 가치가 있는 세상을 어떻게 이룰 수 있을까?

니클라스는 정원의 혁명이 인류에게 유익하게 작용할 거라고 생각했다. 사람들은 눈먼 광기를 몰아내고 현실에 눈뜨고, 새로운 이상과 가치가 창출될 것이다. 저급한 소비행태와 치열한 경쟁, 무한 성장은 사라지고 겸손함과 협동, 지속가능성이 그 자리를 대신할 수 있다.

우리는 최신 스마트폰에 열광하기보다는 단순한 삶에 대한 열정을 일궈야 한다. 더 많이 나눠야 한다. 행복과 만족감을 돈으로만 구할 수 있다거나 심오한 이론을 통해서만 이해할 수 있다는 고정관념으로부터 탈피해야 한다. 탐욕이 아닌 관대함을, 전쟁이 아닌 교류를, 단일 품종이 아닌 다품종을 추구해야 한다. 스마트폰과 자동차를 사용하더라도 정과 이성을 잃지 않고 자연과 조화를 이루며 살아가야 한다. 유토피아를 만들자는 소리처럼 들리겠지만, 이렇게 하지 않으면 어떻게 더 나은 세상을 만들 수 있을까? 달리 어떤 세상이 돼야 한단 말인가?

다시금 해안에 가까워지던 도로는 얼마 안 가 짙푸른 물과 나란히 이어졌다. 짧은 시간이나마 바닷가에 살 수 있었다니, 이런 특권이 어디에 있으랴. 몇 시간 뒤면 니클라스는 독일 땅에 있을 것이다. 해변과 곤잘레스 씨의 고향으로부터 멀리 떨어진 대도시에.

그는 자신의 미래에 관해 고민하며 최근 들어 점점 더 자주 떠오르는 물음을 던졌다.

'나는 어떻게 살고자 하는가?'

한편에는 새로 발견한 일에 대한 열정이 꿈틀대고 있었다. 독일로 돌아가면 주기적으로 땅을 일굴 수 있는 방법을 모색할 작정이었다. 운이 좋으면 외곽의 주말농장에 빈 땅을 얻을 수 있을 것이다. 아니면 근처에 그가 참여할 수 있는 정원 프로젝트가 있을지도 모른다. 그마저도 여의치 않으면 작은 발코니를 이용하는 것도 한 방법이다. 규모는 상관없었다. 꾸준히 채소를 기르고 하루 한 번 박하차를 마시며 식물이 자라는 모습을 바라볼 수 있으면 그만이었다.

삶의 수많은 부분도 단순화하기로 했다. 그 첫걸음은 벼룩시장에 나가 세간살이를 처분하는 것이었다. 옷가지, 신발, 책, 주방기구 등등. 그에게는 필요 없는 물건들이 너무나 많았다. 대형 평면 텔레비전 앞에 앉아 보내던 나날과도 안녕이었다.

그는 덜 소비하고, 의식적으로 소비하기로 결심했다. 이제부터는 자연친화적인 제품과 공업제품, 지속가능성과 소모성이라는 선택의 갈림길에서 보다 현명한 결정을 내릴 것이다. 그 자신의 건강뿐 아니라 이 모든 것을 생산한 이들에게도 유익한 결정이었다. 환경에게는 말할 것도 없었다.

이제 직업 문제만 남아 있었다. 기존의 은행 시스템으로 복귀하는 건 이제 고려의 대상이 아니었다. 대규모 회사나 기업체의 배를 불려주어 무기나 독을 제조하게 만드는 일에는 더 이상 일조하고 싶지 않았다.

언젠가 페드로가 환경친화적이고 지속가능한 사업에만 투자하는 윤리적 은행이 있다는 이야기를 한 적이 있다. 검색해보니 독일 내에도 이런 은행이 여럿 있었다. 니클라스는 그곳에 지원해볼 작정이었다. 은행에 재직하며 곤잘레스 씨 같은 농부들이 더 많이 살아남는 데 기여할 수만 있다면, 그것이 바로 산 후안의 밤에 소원으로 적은 의미 있는 일일 것이다.

니클라스는 자신이 경험한 변화의 기폭제가 됐던 한마디 말을 떠올렸다.

"이제 우리 회사에는 자네가 필요 없네."

그로부터 넉 달도 채 지나지 않은 지금은 지점장에게 고마운 마음이 들 정도였다. 해고되지 않았더라면 휴식기를 가질 생각도 못

했을 테고, 곤잘레스 씨를 알게 될 일은 더더욱 없었을 테니까. 이 늙은 농부는 그의 모든 것을 변하게 만든 장본인이었다.

얼마 뒤 버스는 공항에 도착했다. 니클라스는 버스에서 내려 트렁크를 꺼낸 뒤 청사 입구로 향했다. 공항 건물로 들어서기 전에 그는 걸음을 멈추고 에스테포나 쪽을 돌아봤다. 여기서 90킬로미터도 떨어지지 않은 그곳에서, 지금도 팔순 노인이 낡은 접이의자에 걸터앉아 흐뭇하게 정원을 바라보고 있을 것이다.

"고마워요!"

니클라스는 바람이 자신의 마지막 인사를 곤잘레스 씨에게 전해주기를 기도했다. 노인의 비범한 지혜와 자신의 선한 다짐을 실천에 옮기는 일은 이제 오로지 니클라스의 손에 달려 있었다.

더 나은 미래를 꿈꾸는 일은 첫걸음에 불과하지만, 바로 그 한 걸음을 내딛는 것이 가장 중요한 일이기도 하다. 새로운 시대의 씨앗을 뿌린 뒤 꾸준히 물을 주고 돌보는 일. 새로운 길을 선택하고 두려움도 망설임도 없이 과감히 전진하는 일. 두 손 가득 흙을, 가슴 가득 사랑을 품는 일이 바로 그것이다.

곤잘레스 씨의 인생 정원

초판 1쇄 인쇄 2019년 4월 25일
초판 1쇄 발행 2019년 5월 7일

지은이 클라우스 미코쉬 **옮긴이** 이지혜
펴낸이 김종길 **펴낸 곳** 글담출판사 **브랜드** 인디고

기획편집 이은지·이경숙·김진희·김보라·김은하·안아람
마케팅 박용철·김상윤 **디자인** 정현주·박경은·손지원 **홍보** 윤수연·김민지 **관리** 박인영

출판등록 1998년 12월 30일 제2013-000314호
주소 (04209) 서울시 마포구 월드컵로8길 41(서교동483-9)
전화 (02) 998-7030 **팩스** (02) 998-7924
페이스북 www.facebook.com/geuldam4u **인스타그램** geuldam
블로그 http://blog.naver.com/geuldam4u

ISBN 979-11-5935-049-8 (03850)
책값은 뒤표지에 있습니다.
잘못된 책은 바꾸어 드립니다.

이 도서의 국립중앙도서관 출판시도서목록(CIP)은 e-CIP 홈페이지(http://
www.nl.go.kr/ecip)와 국가자료공동목록시스템(http://www.nl.go.kr/
kolisnet)에서 이용하실 수 있습니다.
(CIP 제어번호 : 2019014093)

만든 사람들 ─────────
책임편집 김진희 **디자인** 박경은 **일러스트** 이규태

글담출판에서는 참신한 발상, 따뜻한 시선을 가진 원고를 기다리고 있습니다.
원고는 글담출판 블로그와 이메일을 이용해 보내주세요. 여러분의 소중한 경험과 지식
을 나누세요.
블로그 http://blog.naver.com/geuldam4u **이메일** geuldam4u@naver.com